山海經

神怪大全

神怪文化研究者 黃創業——著繪

高寶書版集團

序　言

《山海經》作為中國乃至世界傳統文化的瑰寶，內含的神祕異獸形象、傳說故事以及民間風俗皆令人嘆為觀止，讓我們不得不佩服古人的「想像力」。

現今我們所見到的《山海經》大多為圖文並茂的版本，而歷代《山海經》注家、學者還有畫家對其古圖的由來進行了眾多的推測，最後大致歸納出四種說法，分別為：禹鼎說、地圖說、壁畫說和地圖說，但「今所見圖」基本上都是由明清時期的畫師所畫。

他們並非以古圖為創作的母本，基本都根據文本創作或者以不同畫師的版本加以潤色，而且時隔幾百年，圖像服飾上逐漸融入濃厚的時代美學特徵，同時有精怪化、連環畫的趨勢。

那麼最原始的那份「想像力」究竟是怎麼樣的呢？

為了更接近這份「想像」，本人在過去的五年內，除了研讀《山海經》及相關學者的研究文集以外，還搜尋許多散亂在古籍內的「同名異獸與神祇」資訊，以《山海經》文本為母本，結合更多同名傳說故事，豐富其寥寥幾筆的形象。

為了更接近這份「想像」，本人剝去時代的服飾特徵，剝去絢麗的色彩特徵，以最原始、最神祕的自然崇拜與野性為基礎，以更接近「古圖」的線條方式刻畫圖鑑，結合除《山海經》原文外的傳說故事，編制「一神一圖」的檔案。

為了更接近這份「想像」，除了重新創作明清時期《山海經》已有的圖鑑外，根據文本描述，翻閱、對比大量的古籍與民間故事，增添與補充了許多以往空有其名的新圖鑑，共五百幅。

本書中大多是「獸獸結合」和「人獸結合」的神怪，前者體現了先民對於美好生活的嚮往、對大自然的無力感，祈禱能從神怪中瞭解更多禍福的前兆或是從中獲得更多的價值。其中出現的天神、山神等神怪形象屬於後者，他們被賦予更多的神奇力量，這與動物圖騰崇拜有著密切的關聯。他們能言善辯，具有人的感情，也擁有「獸」的特徵以及應對自然的能力，這也反映了先民在意識上對自身作為「人」的自豪和認同。與此同時，先民對於自然的敬畏也非常深，所以他們的觀念中更加體現了人與自然密不可分這一信念。

本人希望為大家打造一套更完整、畫面感更強的《山海經》世界觀圖鑑，不僅內容更為豐富齊全，也更貼近自然崇拜的野性與神祕。同時，為了讓晦澀難懂的文本更通俗易懂，本人將結合同名傳說、故事與注釋，讓讀者能更深入理解這部古老經典的魅力。

希望每個踏入這片區域的人，都能感受到「子不語怪力亂神」，並深刻體會「吾只求其存於心」。

黃創業二〇二二年十一月於深圳

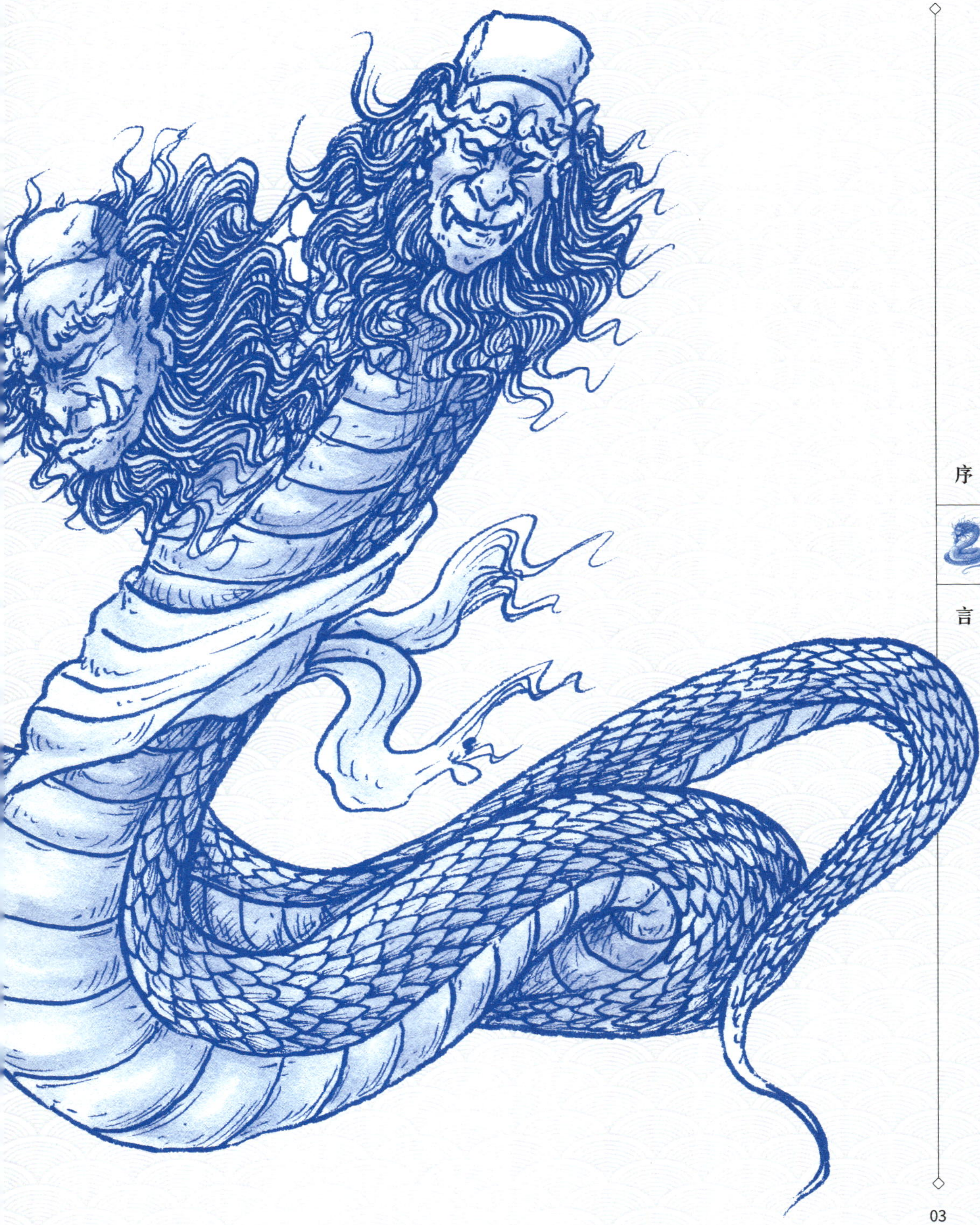

目錄

幸運圖鑑

守護圖鑑

美食圖鑑

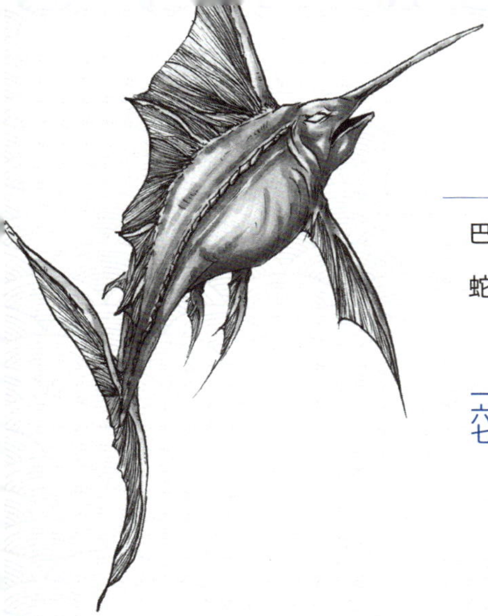

奇異圖鑑

目錄

災難圖鑑

第一章

幸運圖鑑

在中國傳統文化中，一般將承載美好寄託的鳥獸稱為瑞鳥或瑞獸，其所到之處皆有好事發生，可謂福氣滿滿。因此，瑞鳥紋或瑞獸紋常見於府邸、官場和一些驅邪祈福的器件上。而很多流傳至今、人們耳熟能詳的瑞鳥和瑞獸正是來自於《山海經》。

001

bó yí

猼訑

ㄅㄛˊ ㄧˊ

簡介

猼訑，九尾、四耳，
眼睛長在背上，傳說佩戴
牠的皮毛得以戰無不勝。

原典

《山海經．南山經》：「有獸焉，其狀如羊，九尾四耳，其目在背，其名曰猼訑，佩之不畏。」

典故

猼訑長相溫順，實則神勇無比，長有四耳，立有頂角，使牠威風凜凜，更厲害的是身有九尾。「九」乃數之極，整部山海經中只有寥寥幾位九尾神獸，比如九尾狐、陸吾等，猼訑長有九尾，說明其在山海經異獸中地位之高。

002

鳥首龍身神

niǎo shǒu lóng shēn shén

ㄋㄧㄠˇ ㄕㄡˇ ㄌㄨㄥˊ ㄕㄣ ㄕㄣˊ

簡介

鳥首龍身神為鵲山之神，無名，龍身鳥首。山神大概喜歡毛，人們祭祀時將帶毛的動物和一塊碧玉一起埋入地下，用稻米供奉山神。

原典

《山海經．南山經》：「凡南次二山之首，自櫃山至於漆吳之山，凡十七山，七千二百里。其神狀皆龍身而鳥首。」

003

鳳皇

fèng huáng
ㄈㄥˋ ㄏㄨㄤˊ

簡介

鳳皇，一種形狀像雞的鳥，全身上下是五彩羽毛，頭上的花紋是「德」字形狀，翅膀上的花紋是「羲」（義）字形狀，背部的花紋是「禮」字形狀，胸部的花紋是「仁」字形狀，而腹部的花紋是「信」字形狀。

鳳皇飲食從容不迫，悠然自得，常常是自己邊唱邊舞，一出現天下就會太平，是受盡世人喜愛的瑞獸。

原典

《山海經．南山經》：「又東五百里，曰丹穴之山。其上多金玉。丹水出焉，而南流注於渤海。有鳥焉，其狀如雞，五采而文，名曰鳳皇，首文曰德，翼文曰羲，背文曰禮，膺文曰仁，腹文曰信。是鳥也，飲食自然，自歌自舞，見則天下安寧。」

典故

相傳鳳皇能知天下、治亂興衰，是王道仁政的最好體現，是亂世興衰的晴雨計，也是神學政治的「形象大使」。古人曾以鳳皇的五種行止代表政治上的五種清明程度，於是歷代帝王都把「鳳鳴朝陽」、「百鳥朝鳳」當成盛世太平的象徵。

傳說，鳳皇浴火重生。在五百年前，有一種神鳥，集香木自焚，然後從死灰中復活，美豔非常，不再死，是以被稱為不死鳥，也就是鳳皇。關於鳳皇還有一說，說鳳皇是死神的使者，負責勾走人的魂魄，好人升天，壞人入地，甚至部分地區還流傳著「鳳皇勾魂」的傳說。

004

人首龍身神

ㄖㄣˊ ㄕㄡˇ ㄌㄨㄥˊ ㄕㄣ ㄕㄣˊ

rén shǒu lóng shēn shén

簡介

人首龍身神是南方第三列山系的山神，共十四位，都長著人首龍身。

原典

《山海經．南山經》：「凡南次三山之首，自天虞之山以至南禺之山，凡一十四山，六千五百三十里，其神皆龍身而人面。」

005

鵷雛

yuān chú ㄩㄢ ㄔㄨˊ

簡介

在中國傳說中，鵷雛是與鸞鳳同類的鳥。
人們用牠來比喻賢才或高貴的人。

原典

《山海經．南山經》：「佐水出焉，而東南流注於海，有鳳皇、鵷雛。」

典故

《莊子．秋水篇》有一個故事：惠子在梁國當宰相，莊子去看望他。有人對惠子說：「莊子到梁國來，想取代你做宰相。」惠子非常害怕，在國都中搜捕莊子三天三夜。莊子前去見他，說：「南方有一種鳥，名字叫鵷雛，你知道牠嗎？鵷雛從南海起飛，飛到北海去，不是梧桐樹不棲息，不是竹子的果實不吃，不是甜美的泉水不喝。在這時，一隻貓頭鷹得到一隻腐臭的老鼠，鵷雛從牠面前飛過，貓頭鷹仰頭看著鵷雛，發出怒斥聲。而你是以為我想要你梁國宰相的官位所以來恐嚇我嗎？」
莊子以鵷雛自比，說自己有高遠的心志，並非汲汲於官位利祿之輩，但讒佞之徒卻以小人之心度之。

006

玃如

jué rú

ㄐㄩㄝˊ ㄖㄨˊ

簡介

玃如外形像鹿，長著白尾、馬蹄、人手，有四隻角。後世傳其通體瑩白如玉，身帶仙姿。

原典

《山海經．西山經》：「有獸焉，其狀如鹿而白尾，馬足人手而四角，名曰玃如。」

典故

玃如通體潔白如玉，像傳說中的九色鹿。傳聞，玃如也叫四不像，《封神榜》中姜太公的坐騎就是四不像，騎上牠可以足踏祥雲，日行千里。

007

羭山神

yú shān shén

ㄩˊ ㄕㄢ ㄕㄣˊ

簡介

祭祀羭山神要用火炬，先齋戒一百天，然後用一百頭純色的牲畜祭品，把一百塊美玉埋入地下，再燙上一百樽美酒，並把一百只珪和一百塊璧環繞陳列。

原典

《山海經．西山經》：「羭山，神也，祠之用燭，齋百日以百犧，瘞用百瑜，湯其酒百樽，嬰以百珪百璧。」

008

龍首鳥身神

ㄌㄨㄥˊ ㄕㄡˇ ㄋㄧㄠˇ ㄕㄣ ㄕㄣˊ

lóng shŏu niăo shēn shén

簡介

從招搖山起，直到箕尾山止，一共是十座山，這十座山的山神都長著鳥的身子、龍的頭。

原典

《山海經．南山經》：「凡䧿山之首，自招搖之山，以至箕尾之山，凡十山，二千九百五十里。其神狀皆鳥身而龍首。」

簡介

女床山裡有一種鳥，形狀像野雞，羽毛有五彩斑紋，牠的名字叫作鸞鳥，只要牠一出現，就天下太平。

原典

《山海經．西山經》：「有鳥焉，其狀如翟而五采文，名曰鸞鳥，見則天下安寧。」

典故

根據《禽經》，鸞鳥是一種瑞鳥，而且有不同的顏色，頭與翅膀是紅色的叫丹鳳，青色的叫羽翔，白色的叫化翼，黑色的叫陰翥，黃色的叫土符。

009

鸞鳥

ㄌㄨㄢˊ ㄋㄧㄠˇ

luán niǎo

010

人面馬身神

rén miàn mǎ shēn shén

ㄖㄣˊ ㄇㄧㄢˋ ㄇㄚˇ ㄕㄣ ㄕㄣˊ

簡介

人面馬身神屬於西方第二列山系山神，共有十位，都是馬身、人面、鳥翼、虎紋。

原典

《山海經．西山經》：「凡西次二經之首，自鈐山至於萊山，凡十七山，四千一百四十里。其十神者，皆人面而馬身。」

011

人面牛身神

rén miàn niú shēn shén

ㄖㄣˊ ㄇㄧㄢˋ ㄋㄧㄡˊ ㄕㄣ ㄕㄣˊ

簡介

人面牛身神是西方第二列山系的山神，共有七位。祂們不會飛，走路時還拄著一根拐杖，會說人話，能預知災禍。

原典

《山海經．西山經》：「其七神，皆人面牛身，四足而一臂，操杖以行，是為飛獸之神。」

典故

據說有一種人面牛身的妖怪，叫件。件從牛或者別的家畜中出生，每百年輪迴一次。件一生下來就會說人類的語言，能預知未來，說完便馬上死去。件的預言多為不祥，但十分準確。

012

英招

yīng zhāo ㄧㄥ ㄓㄠ

簡介

英招人面馬身，身上有虎一樣的斑紋，並長有鳥的翅膀，發出的聲音像是轆轤抽水的嘶嗚聲。槐江山是天帝在人間的園圃，天神英招就是負責管理這片園圃的。

原典

《山海經・西山經》：「實惟帝之平圃，神英招司之，其狀馬身而人面，虎文而鳥翼，徇於四海，其音如榴。」

013

西王母

xī wáng mǔ

ㄒㄧ ㄨㄤˊ ㄇㄨˇ

簡介

西王母人形豹尾，長著虎牙，善於嘯叫。蓬鬆的頭髮上戴著玉勝，主管上天災厲和五刑殘殺之事。

原典

《山海經．西山經》：「又西三百五十里，曰玉山，是西王母所居也。西王母其狀如人，豹尾虎齒而善嘯，蓬髮戴勝，是司天之厲及五殘。」

典故

周穆王風流瀟灑，見多識廣，愛江山更愛美人，他聽說西王母是絕代美女，所以特地前去拜訪。據《穆天子傳》記載，周穆王贈西王母以白圭玄璧，兩人同遊瑤池，言談甚歡。

周穆王還在山上立了塊碑，上刻「西王母之山」五字。分別之日，西王母和周穆王依依惜別。西王母道：「白雲在天，山陵自出，道里悠遠，山川間之，將子無死，尚能復來。」但周穆王直到死時，也沒再去見西王母。

014

陸吾

lù wú

ㄌㄨˋ ㄨˊ

簡介

陸吾人面虎爪，虎身九尾，傳說是崑崙山山神。據說祂是黃帝的臣子，主管天上九域的領地和天帝苑圃的時節。

原典

《山海經・西山經》：「西南四百里，曰崑崙之丘，是實惟帝之下都，神陸吾司之。其神狀虎身而九尾，人面而虎爪，是神也，司天之九部及帝之囿時。」

典故

陸吾交友眾多，除了龍九子，大禹也是祂的朋友。由虯龍化而成的大禹不僅承繼了父親鯀的非凡能力，而且立下志願，要繼續完成父親的治水事業。

也許天帝對自己降下洪水懲罰人類的做法漸漸有些悔悟，或者被鯀、禹父子不屈不撓的精神打動，當禹上天庭討要息壤時，天帝不僅將息壤送給了大禹，而且任命他到下方去治理洪水，還派應龍和陸吾做他的助手。

傳說陸吾與共工九戰皆敗，為大禹爭取了治水的時間。

簡介

玉山中有一種獸，牠的形狀像狗，身上有豹一樣的斑紋，長著牛一樣的角，叫作狡。狡發出的聲音跟犬吠聲相像，牠出現在哪個國家，哪個國家就會五穀豐登。

原典

《山海經．西山經》：「有獸焉，其狀如犬而豹文，其角如牛，其名曰狡，其音如吠犬，見則其國大穰。」

典故

狡的本義為少壯的狗。《說文》云：「狡，少狗也。」據說匈奴有狡犬，是一種渾身黑色、長著巨口的獸。

015

jiăo

狡 ㄐㄧㄠˇ

016

少昊

shào hào

ㄕㄠˋ ㄏㄠˋ

簡介

少昊生於窮桑，擅長彈琴、治水、農耕。
他曾以鳥作官名，還設有管理手工業和農業的官。

原典

《山海經．西山經》：「又西二百里，曰長留之山，其神白帝少昊居之。其獸皆文尾，其鳥皆文首。」

典故

在少昊誕生的時候，天空有五隻鳳凰飛落在少昊氏的院裡，牠們顏色各異，是按五方的顏色——紅、黃、青、白、玄而生成，因此少昊又稱為鳳鳥氏。少昊開始以玄鳥（也就是燕子）作為本部圖騰，後在窮桑即大聯盟首領位時，有鳳鳥飛來，少昊大喜，於是改以鳳鳥為族神，崇拜鳳鳥圖騰。

017

帝江

dì hōng ㄉㄧˋ ㄏㄨㄥ

簡介

帝江外形像黃口袋，顏色像紅火，長著六隻腳、四隻翅膀，沒有面目，是原始先民的歌舞之神。

原典

《山海經．西山經》：「有神焉，其狀如黃囊，赤如丹火，六足四翼，混沌無面目，是識歌舞，實惟帝江也。」

典故

古書中，江字讀音近似「哄」。帝江也叫混沌，是中央的天帝，他和南海的天帝倏、北海的天帝忽經常一起玩耍，帝江非常殷勤、周到地招待他們。有一天，倏和忽在一起商量怎樣報答帝江的恩德。他們看每個人都有七竅，而帝江一竅也沒有，未免美中不足，於是想替他鑿出七竅。他們用七天鑿了七竅，但帝江卻「嗚呼哀哉，壽終正寢」了。

018

耆童

qí tóng

ㄑㄧˊ ㄊㄨㄥˊ

簡介

耆童居住在騩山，他常常發出像是敲鐘擊磬的聲音，傳說是音樂的創始人。

原典

《山海經．西山經》：「又西一百九十里，曰騩山，其上多玉而無石。神耆童居之，其音常如鐘磬。其下多積蛇。」

典故

耆童，又名卷章、老童。他是「老」和「童」兩姓氏的始祖，他生下祝融，還是楚國的先祖。傳說他擅長音樂，經常在山上高聲歌唱。

老童的音樂天賦和父親顓頊喜歡音樂有著密切關係。顓頊幼年時曾在東方海外做客，百鳥婉轉的歌聲早已讓他深受音樂的洗禮。後來叔父少昊又特別拿琴和瑟來供他彈弄、拂玩，進一步培養他對於音樂的濃厚興趣。他仿效八方風的聲音做出〈承雲之歌〉，以祭曾祖父黃帝。

019

羊身人面神

yáng shēn rén miàn shén

ㄧㄤˊ ㄕㄣ ㄖㄣˊ ㄇㄧㄢˋ ㄕㄣˊ

簡介 羊身人面神有羊的身子，人的面孔，是西方第三列山系的山神，共有二十三位。

原典 《山海經．西山經》：「凡西次三山之首，自崇吾之山至於翼望之山，凡二十三山，六千七百四十四里。其神狀皆羊身人面。」

020

白狼

bái láng

ㄅㄞˊ ㄌㄤˊ

簡介

白狼生活在盂山中。民間傳說白狼是一種祥瑞之獸。

原典

《山海經・西山經》：「又北二百二十里，曰盂山，其陰多鐵，其陽多銅，其獸多白狼、白虎，其鳥多白雉、白翟。」

典故

據說只有當政者仁德睿智時，白狼才會現世。據《國語・周語》記載，周穆王征伐犬戎，得到了四頭白狼、四頭白鹿而凱旋，由此可見，白狼的確是祥瑞的徵兆，每個得到牠的國君都認為自己道德高尚，獲得了白狼的青睞。

021

白虎

bái hǔ

ㄅㄞˊ ㄏㄨˇ

簡介

白虎，天之四靈之一，代表西方之宿，
象徵四象中的少陰，四季中的秋季。

原典

《山海經．西山經》：「又西二百二十里，曰鳥鼠同穴之山，
其上多白虎、白玉。」

典故

在中國四聖獸中，虎為百獸之長，牠很威猛，傳說有降服鬼物的能力，是屬陽的神獸，常常跟著龍一起出動。
「雲從龍，風從虎」，青龍和白虎是降服鬼物的一對最佳拍檔。白虎還是司掌兵戈的戰神，具有避邪、禳災、祈豐及懲惡揚善、發財致富、喜結良緣等多種神力。

022

龍龜

lóng guī

ㄌㄨㄥˊ ㄍㄨㄟ

簡介

傳説龍龜是龍種龜身，也叫吉吊。龍龜是由龍生卵的其中一個孵化而來，既能在水中生活也能上樹。

原典

《山海經．北山經》：「隄水出焉，而東流注於泰澤，其中多龍龜。」

典故

明楊慎《升庵外集》中記載過一種似龍似龜之物。傳説龍生九子，皆沒成龍狀，各有所好。其中一種稱贔屭，形態像龜，擅長負重，現今多為在石碑下的龜狀物。

023

人面蛇身神

rén miàn shé shēn shén

ㄖㄣˊ ㄇㄧㄢˋ ㄕㄜˊ ㄕㄣ ㄕㄣˊ

簡介

人面蛇身神屬於北方第二列山系山神，共十七位，諸山神都長著蛇的身子、人的面孔。

原典

《山海經・北山經》：「凡北次二山之首，自管涔之山至於敦題之山，凡十七山，五千六百九十里。其神皆蛇身人面。」

024

䑏 hún ㄏㄨㄣˊ

簡介

䑏住在歸山，形體像普通的羚羊，卻有四隻角，還長著和馬一樣的尾巴以及和雞一樣的爪子，善於盤旋起舞，發出的叫聲像是自己的名字。

原典

《山海經．北山經》：「有獸焉，其狀如麢羊而四角，馬尾而有距，其名曰䑏，善還，其鳴自訆。」

典故

䑏長著四個犄角，有人說牠其實是四角羚，也有人說䑏可能是馴鹿，被印度視為吉祥的象徵。遠古時代就出現了鹿崇拜，鹿在古人心目中是「信而應禮」。

025

天馬

tiān mǎ

ㄊㄧㄢ ㄇㄚˇ

簡介

馬成山裡有一種野獸，外形像普通的白狗，卻長著黑腦袋，一看見人就騰空飛起，名叫天馬。

原典

《山海經．北山經》：「有獸焉，其狀如白犬而黑頭，見人則飛，其名曰天馬，其鳴自訆。」

026

人面馬身神

rén miàn mǎ shēn shén

ㄖㄣˊ ㄇㄧㄢˋ ㄇㄚˇ ㄕㄣ ㄕㄣˊ

簡介

太行山以至無逢山的四十六位山神，都長著人面馬身。

原典

《山海經．北山經》：「凡北次三山之首，自太行之山以至於無逢之山，凡四十六山，萬二千三百五十里。其神狀皆馬身而人面者廿神。其祠之，皆用一藻瘞之。」

027

十四神

shí sì shén

ㄕˊ ㄙˋ ㄕㄣˊ

簡介

十四神是北方第三列山系山神，長著豬一樣的身子，身上佩戴著玉。

原典

《山海經．北山經》：「其十四神，狀皆彘身而載玉。其祠之：皆玉，不瘞。」

028

彘身八足神

zhì shēn bā zú shén

ㄓˋ ㄕㄣ ㄅㄚ ㄗㄨˊ ㄕㄣˊ

簡介 彘身八足神屬於北方第三列山系山神，共十位，有豬的身體，長著八隻腳，有蛇尾。

原典 《山海經．北山經》：「其十神狀皆彘身而八足，蛇尾。其祠之：皆用一璧瘞之。」

029

龍首人身神

lóng shǒu rén shēn shén

ㄌㄨㄥˊ ㄕㄡˇ ㄖㄣˊ ㄕㄣ ㄕㄣˊ

簡介

龍首人身神，長有人的身體和龍的頭。

原典

《山海經．東山經》：「凡東山之首，自樕螽之山以至於竹山，凡十二山，三千六百里。其神狀皆人身龍首。」

030 羊角人身神

yáng jiǎo rén shēn shén

ㄧㄤˊ ㄐㄧㄠˇ ㄖㄣˊ ㄕㄣ ㄕㄣˊ

簡介

羊角人身神是擁有人身、羊角的山神。

原典

《山海經．東山經》：「凡東次三山之首，自屍胡之山至於無皋之山，凡九山，六千九百里。其神狀皆人身而羊角。」

典故

唐牛肅《紀聞》有一個關於羊頭人的故事。開元末年，有一人喜歡吃羊頭。一日早晨出門，見有一身穿華麗服飾的羊頭人站在門口，對他說：「我是羊神，因為你喜歡吃羊頭，所以來請你不要再吃，不然我會殺你。」那人一聽非常恐懼，後來再也沒有吃過羊了。

031

當康

dāng kāng

ㄉㄤ ㄎㄤ

簡介

當康又稱牙豚，是中國古代神話傳說中的瑞獸，長得像豬，身長六尺，高四尺，渾身青色，有兩隻大耳，口中伸出四只如象牙一般的長牙，暴露在嘴巴外面。

原典

《山海經．東山經》：「有獸焉，其狀如豚而有牙，其名曰當康，其鳴自叫，見則天下大穰。」

典故

當康是一種兆豐穰的瑞獸。傳說，在豐收的年歲裡，當康會鳴叫著自己的名字，跳著舞出現。
當康為豐收鳴瑞，是農耕時代人們所祈望的喜事。數千年來，豬都是一種重要的家畜，與農業生產有著重要關係，甚至在中國部分地區，春節期間有貼「肥豬拱門」剪紙的習俗。據說「肥豬」會馱著元寶來拱門，民間便以此來預示豐年之喜，這一象徵意涵與長得形似豬的當康「見則天下大穰」寓意不謀而合。

032

人面鳥身神

rén miàn niǎo shēn shén

ㄖㄣˊ ㄇㄧㄢˋ ㄋㄧㄠˇ ㄕㄣ ㄕㄣˊ

簡介

濟山山系，自首座山輝諸山起到蔓渠山止，共有九座山，總長一千六百七十里，每座山山神的形狀都是人面鳥身。祭祀這些山神時都要用帶毛的動物，並且將一塊彩色的玉投入山中，不用精米。

原典

《山海經．中山經》：「凡濟山之首，自輝諸之山至於蔓渠之山，凡九山，一千六百七十里。其神皆人面而鳥身。祠用毛，用一吉玉，投而不糈。」

典故

濟山山系的九位山神均是人面鳥身，而人面鳥的形象在中國神話中相當常見。在馬王堆漢墓出土帛畫中有二人頭鳥，相對而立；河南鄧縣（今鄧州市）彩色畫像磚中亦有人面鳥身展翅歌舞的形象。

《楚辭．離騷》中提到的飛廉，也是人面鳥身。據説飛廉是司風的天神，又稱風伯。傳説蚩尤請來了風伯、雨師施展法術，使黃帝部眾迷失了方向，黃帝製造了指南車辨別了風向才打敗了蚩尤。後來，風伯歸降了黃帝。

033

熏池

xūn chí ㄒㄩㄣ ㄔˊ

簡介

敖岸山的南面有很多璓琈玉，山的北面有許多紅土、黃金，有一位名叫熏池的神就住在這座山裡。山中常常出產美玉。

原典

《山海經．中山經》：「中次三經萯山之首，曰敖岸之山，其陽多璓琈之玉，其陰多赭、黃金。神熏池居之。」

034

武羅

wǔ luó

ㄨˇ ㄌㄨㄛˊ

簡介

青要山是天帝的祕密行宮，山神武羅掌管著這座山。武羅長著跟人一樣的臉，身上有豹一樣的斑紋，腰身細小，牙齒潔白，耳朵上戴著金銀環，其聲音就像玉石碰撞一樣清脆。

原典

《山海經．中山經》：「䰠武羅司之，其狀人面而豹文，小要而白齒，而穿耳以鐻，其鳴如鳴玉。」

典故

武羅神經常被塑造成美麗女性的形象，比如清畫家蕭雲從繪製的武羅神。袁珂在《中國古代神話》中說，武羅可能就是《楚辭．九歌．山鬼》中所寫的山鬼女神。

035

泰逢

tài féng

ㄊㄞˋ ㄈㄥˊ

簡介

泰逢是和山山神，人身虎尾。
他負責興雲布雨，變換天地之氣。

原典

《山海經・中山經》：「又東二十里，曰和山，其上無草木而多瑤碧，實惟河之九都。是山也五曲，九水出焉，合而北流注於河，其中多蒼玉。吉神泰逢司之，其狀如人而虎尾，是好居於萯山之陽，出入有光。泰逢神動天地氣也。」

典故

明《歷代神仙通鑑》中記載，泰逢神住在和山，喜歡出遊，出行會駕著紋彩馬，出入時閃閃發光。泰逢有調動天地之氣的能力，能夠控制雲雨；百姓稱讚祂是吉神，也有說祂是河神。

傳說，夏朝昏君孔甲有一次在山之下打獵，忽然大風驟起，天色變得十分昏暗，孔甲便迷了路，這場怪風即是泰逢為了懲罰昏君而刮起的。

036

獸身人面神

shòu shēn rén miàn shén

ㄕㄡˋ ㄕㄣ ㄖㄣˊ ㄇㄧㄢˋ ㄕㄣˊ

簡介

獸身人面神是釐山山系九座山的山神，獸面人身，頭上有角，看起來和麋鹿角差不多。

原典

《山海經．中山經》：「凡釐山之首，自鹿蹄之山至於玄扈之山，凡九山，千六百七十里。其神狀皆人面獸身。」

037

驕蟲

jiāo chóng

ㄐㄧㄠ ㄔㄨㄥˊ

簡介

驕蟲是螫蟲的首領，居住在平逢山，這座山其實就是各種蜂（包括蜜蜂）的巢穴所在。驕蟲長得像人，甚至長有兩個腦袋。

原典

《山海經·中山經》：「有神焉，其狀如人而二首，名曰驕蟲，是為螫蟲，實惟蜂蜜之廬。其祠之：用一雄雞，禳而勿殺。」

038

豕身人面神

shǐ shēn rén miàn shén

ㄕˇ ㄕㄣ ㄖㄣˊ ㄇㄧㄢˋ ㄕㄣˊ

簡介

豕身人面神是苦山山系中，十六座山的山神，其均是豬身人面。

原典

《山海經．中山經》：「凡苦山之首，自休與之山至於大騩之山，凡十有九山，千一百八十四里。其十六神者，皆豕身而人面。其祠：毛牷用一羊羞，嬰用一藻玉瘞。」

039

計蒙

jì méng

ㄐㄧˋ ㄇㄥˊ

簡介

播雨之神，居住在光山。人身龍首，經常在漳水的深潭中巡遊，出入時一定會伴有疾風和暴雨。

原典

《山海經・中山經》：「又東百三十里，曰光山，其上多碧，其下多木。神計蒙處之，其狀人身而龍首，恆遊於漳淵，出入必有飄風暴雨。」

040

十六山神

shí liù shān shén

ㄕˊ ㄌㄧㄡˋ ㄕㄢ ㄕㄣˊ

簡介

自苟林山起到陽虛山止，一共十六座山，十六山神便是管理這些山的神。《山海經》中沒有描繪這些山神的具體樣貌，但寫了如何祭祀山神。

原典

《山海經・中山經》：「凡薄山之首，自苟林之山至於陽虛之山，凡十六山，二千九百八十二里。升山，塚也，其祠禮：太牢，嬰用吉玉。首山，䰠也，其祠用稌、黑犧、太牢之具、蘖釀；干儛，置鼓；嬰用一璧。尸水，合天也，肥牲祠之；用一黑犬於上，用一雌雞於下，刉一牝羊，獻血。嬰用吉玉，采之，饗之。」

041

馬身龍首神

mǎ shēn lóng shǒu shén

ㄇㄚˇ ㄕㄣ ㄌㄨㄥˊ ㄕㄡˇ ㄕㄣˊ

簡介

馬身龍首神是岷山山系的山神，其都是馬身龍頭。祭祀這些山神時，首先將一隻雄雞埋入地下作為祭品，並以稻米作為祭祀用的精米。文山、勾欄山、風雨山、䰠山皆是大山神的居住之所，祭祀這幾位山神時，儀式為：向他們敬獻美酒，用豬、羊二牲齊備的少牢之禮供奉，再以一塊彩色的玉作為懸掛在山神頸部的飾物。

原典

《山海經．中山經》：「凡岷山之首，自女几山至於賈超之山，凡十六山，三千五百里。其神狀皆馬身而龍首。其祠：毛用一雄雞瘞，糈用稌。」

典故

馬身龍首神形象猶如傳說的龍馬，《尚書中候．握河紀》記載：「伏羲氏統治天下時期，龍馬背負河圖出於孟河。」《宋書．符瑞中》記載：「龍馬是仁德之馬，河中的精靈。高八尺五寸，長長的頸項生有翅膀，兩旁有下垂的長毛，鳴叫有各種悲沉的聲調。」

042

熊山神

ㄒㄩㄥˊ ㄕㄢ ㄕㄣˊ

xióng shān shén

簡介

熊山山神是岷山山系諸山神的首領。

原典

《山海經‧中山經》：「熊山，帝也。其祠：羞酒，太牢具，嬰用一璧。干儛，用兵以禳；祈，璆冕舞。」

典故

祭祀熊山神時，儀式為向其敬酒，用豬、羊、牛三牲齊備的太牢之禮，並以一塊玉璧作為懸掛在山神頸部的飾物。祭祀時，手拿盾牌起舞，以求消除戰爭災禍；祈禱時，手持美玉、身穿禮服跳舞。

043

龍身人面神

lóng shēn rén miàn shén

ㄌㄨㄥˊ ㄕㄣ ㄖㄣˊ ㄇㄧㄢˋ ㄕㄣˊ

簡介

龍身人面神是首陽山山系的山神，其皆是龍身人面。祭祀這些山神時，儀式為用一隻雄雞作為毛物，埋入地下作為祭品，用五種米作為祭祀用的精米。

原典

《山海經・中山經》：「凡首陽山之首，自首山至于丙山，凡九山，二百六十七里。其神狀皆龍身而人面。其祠之：毛用一雄雞瘞，糈用五種之糈。」

044

彘身人首神

zhì shēn rén shǒu shén

ㄓˋ ㄕㄣ ㄖㄣˊ ㄕㄡˇ ㄕㄣˊ

簡介

彘身人首神是荊山山系的山神，其皆是豬身人首。祭祀諸山神時，儀式為用一隻雄雞作為毛物，將牠埋入地下作為祭品，祭祀的玉器是一塊珪，以去皮後的黍、稷、稻、粱、麥作為祭祀時的精米。

原典

《山海經．中山經》：「凡荊山之首，自翼望之山至于几山，凡四十八山，三千七百三十二里。其神狀皆彘身人首。其祠：毛用一雄雞祈瘞，嬰用一珪，糈用五種之精。」

典故

清袁枚《子不語》中有人面豬的故事，說的是雲棲放生的地方有頭人面豬，平湖張九丹先生親見過。豬羞於見人，總是低著頭，拉起牠才得見真容。

045

鳥身龍首神

niǎo shēn lóng shǒu shén

ㄋㄧㄠˇ ㄕㄣ ㄌㄨㄥˊ ㄕㄡˇ ㄕㄣˊ

簡介

鳥身龍首神又稱鵲神，是洞庭山山系的山神，共有十五位，皆是鳥身龍首。

原典

《山海經．中山經》：「凡洞庭山之首，自篇遇之山至於榮余之山，凡十五山，二千八百里。其神狀皆鳥身而龍首。其祠：毛用一雄雞、一牝豚刉，糈用稌。」

046

二八神

èr bā shén

ㄦˋ ㄅㄚ ㄕㄣˊ

簡介

二八神即夜遊神、主夜之神，傳說有十六人。他們長著小小的臉頰和紅色的肩膀，兩條手臂相連，在野外為天帝守夜，住在羽民國的東邊。

原典

《山海經．海外南經》：「有神人二八，連臂，為帝司夜於此野。在羽民東。其為人小頰赤肩。」

典故

清紀昀《閱微草堂筆記》中有一個故事：姚安公曾在舅父陳德音家讀書。一天早起，人聲沸騰。有人說，有個叫張珉的長工，昨夜在村外看守瓜田，今早已昏迷不醒。經過千方百計地救治，晚上才甦醒。

長工說：「二更後，我遠遠看見樹林外有火光，離我越來越近。等我到了瓜園，才發現是一個巨人，有十多丈高，他手提燈籠，如同一間屋那麼大。他站在窩棚前，俯視了好久。我驚恐萬分，當時便昏了過去，也不知道他是什麼時候離開的。」有人說是魍魎，有人說是主夜之神，一時難以定論。但紀曉嵐認為主夜之神不應當一反常態，現出凶惡之怪相來嚇唬人，所以長工見到的應該是魍魎。

047

祝融

zhù róng

ㄓㄨˋ ㄖㄨㄥˊ簡介

祝融號赤帝，是中國古代神話中的火神、南方神、南嶽神、南海神、夏神、灶神，也是五行神之一。祝融長著獸身人面，駕乘著兩條龍。

原典

《山海經．海外南經》：「南方祝融，獸身人面，乘兩龍。」

典故

傳說，水神共工曾與祝融交戰，結果以水神失敗告終。失敗的共工大怒，於是頭撞不周山，導致天傾，因而洪水氾濫，後來才有了「女媧補天」的傳說。

048

燭陰

zhú yīn

ㄓㄨˊ ㄧㄣ

簡介

燭陰又名燭龍，是古代神話傳説中的鍾山之神。燭陰長著人面蛇身，無足，口中銜燭，全身為赤紅色，身長若千里之長。

原典

《山海經．海外北經》：「鍾山之神，名曰燭陰，視為晝，瞑為夜，吹為冬，呼為夏。不飲，不食，不息，息為風，身長千里。在無啟之東。其為物，人面蛇身，赤色，居鍾山下。」

典故

《廣博物志》卷九引《五運歷年紀》：「盤古之君，龍首蛇身，噓為風雨，吹為雷電，開目為晝，閉目為夜。」從這點來看，燭陰的形貌和神通跟盤古類似。因此，袁珂先生認為燭陰或許就是早期傳説中的盤古。

燭陰也叫燭龍，後漢郭憲《洞冥記》中記載了一個關於燭龍的故事：天漢二年，武帝登上蒼龍閣，希望瞭解一些神仙之術。他招來各位方士，談論遙遠的他國異鄉之事。東方朔走下座席，提筆奏明武帝：「臣遊覽北方的天邊，到了種火之山，那是日月所照不到的地方。那裡有一條青龍，口裡含著燭火，照亮了山的四方極遠處。」

049

蠶神

cán shén

ㄘㄢˊ ㄕㄣˊ

簡介

歐絲女是蠶神的雛形，她跪著倚靠在歐絲之野的桑樹上吐絲。

原典

《山海經．海外北經》：「歐絲之野在反踵東，一女子跪據樹歐絲。」

典故

傳說，黃帝在打敗蚩尤後大擺慶功宴。宴席間，天上突然飄然下來一位披著馬皮的女神。她手裡握著兩捆細絲，自稱是蠶神，特地趕來把精美的蠶絲獻給黃帝。

蠶神說，她住在北方的荒野，那裡有三棵高達百仞的大桑樹。她以桑葉為食，能從嘴裡吐出閃光的絲，用這些絲就能織成美麗的絲綢。黃帝聽了大為讚賞，讓蠶神教婦女繅絲紡綢。黃帝的妻子嫘祖也開始親自培育幼蠶，並在百姓中推廣這種技術。從此，中華大地就有了美麗的絲織品，中國也就成了絲綢的故鄉。

050

禺彊

yú jiāng

ㄩˊ ㄐㄧㄤ

簡介

禺彊也叫禺強、禺京，是中國古代傳說中的水神、北海海神、北風風神，掌管冬季，是黃帝之孫。他長著人面鳥身，用兩條青蛇做耳飾，腳底下還踩著兩條青蛇。

原典

《山海經．海外北經》：「北方禺彊，人面鳥身，珥兩青蛇，踐兩青蛇。」

典故

傳說禺彊有兩種形象；當他是風神的時候，他就是鳥的身子，腳踩兩條青蛇，生出寒冷的風；是北海海神的時候則是魚的身子，但也有手有足，駕馭兩條龍。

《列子．湯問》記載一則故事：渤海之東方有五座仙島，海島上都住著神仙，神仙們常在海島間飛來飛去。然而，海島常隨波浪沉浮漂流，天帝擔心海島漂流到西方極遠的地方，眾仙就沒有地方住了，便讓海神禺彊想辦法。禺彊派來十五隻巨鰲，讓牠們負責托舉、頂負著海島，避免其漂流。巨鰲們還分成三組，每六萬年一換班，真是頂天立地，神奇之極。

051

天吳

tiān wú

ㄊㄧㄢ ㄨˊ

簡介

朝陽谷居住著水伯天吳。朝陽谷在虹虹北邊的兩條水流中間。這位神仙的外型與野獸相似，長著八個腦袋，臉與人的臉相似，有八條腿、八條尾巴，全身皆呈青黃色。

原典

《山海經．海外東經》：「朝陽之谷，神曰天吳，是為水伯。在重重北兩水間。其為獸也，八首人面，八足八尾，皆青黃。」

典故

在秦腔皮影戲《永樂王還願》中，龜蛇二將曾下界作亂，張天師請天吳降服二怪。天吳左手捉龜，右手捉蛇，回歸天庭。

052

豎亥

shù hài

ㄕㄨˋ ㄏㄞˋ

簡介

豎亥是傳說中善走的神仙。

原典

《山海經・海外東經》：「帝命豎亥步，自東極至於西極，五億十選九千八百步。豎亥右手把算，左手指青丘北。一曰禹令豎亥。一曰五億十萬九千八百步。」

典故

豎亥善走，天帝認為讓他去測量大地再合適不過，因此命令豎亥以腳步測量大地的長度，豎亥從最東端走到最西端，共走了五億十萬九千八百步。

053

句芒

gōu máng

ㄍㄡ ㄇㄤˊ

簡介

句芒是中國古代民間神話中的木神、春神、東方之神，長著鳥身人面，駕乘著兩條龍。

句芒主管樹木的發芽生長，忠心耿耿地輔佐少昊。太陽每天早上從扶桑上升起，神樹扶桑歸句芒管，太陽升起的那片地方也歸句芒管。

原典

《山海經．海外東經》：「東方句芒，鳥身人面，乘兩龍。」

典故

傳說，有一年秦穆公在廟裡祭祀，突然看到一個怪人走了進來，這個怪人長著鳥的身子，穿著白色的衣服，臉是正方形。秦穆公很害怕，急忙想走，這個人說：「別怕，天帝看到你的明德，讓我賜給你壽十年，使你的國家繁榮昌盛，子孫興旺，不要丟失這樣的機會啊。」秦穆公行兩次稽首禮，說：「敢問神的名字？」神說：「我是句芒。」

054

shùn

舜

ㄕㄨㄣˋ

簡介

傳說中父系氏族社會後期部落聯盟的領袖。姚姓，一作媯姓，號有虞氏，名重華，史稱「虞舜」，「三皇五帝」之一。舜為東夷族群的代表。生而重瞳，孝順友愛，善於製陶，建立有虞國。

原典

《山海經．海內南經》：「蒼梧之山，帝舜葬於陽，帝丹朱葬於陰。」

典故

據《史記．五帝本紀》記載，舜的名字是重華，字都君，舜則是他的諡號。「華」與「都」都是美盛之義，所以他去世之後，人們追諡為曰舜，如舜英之美盛。

055

孟涂

mèng tú

ㄇㄥˋ ㄊㄨˊ

簡介

夏朝國君啟的臣子中有一個人叫孟涂，他在巴地主管訴訟。

原典

《山海經．海內南經》：「夏后啟之臣曰孟涂，是司神於巴。巴人請訟於孟涂之所，其衣有血者乃執之，是請生。居山上，在丹山西。」

典故

在古代，「神」有時候也是一種諸侯的名號。《竹書紀年》記載，夏啟八年，帝啟派遣孟涂到「巴」這個地方來主管民間訴訟。據說，有人到孟涂那裡去請他審理案件，他認為理屈的人其衣上必有血跡，所以看見衣服上有血的人便捆綁起來，加以懲處。

056

后稷

hòu jì

ㄏㄡˋ ㄐㄧˋ

簡介

后稷名棄，因培植了稷，而被人們尊稱為后稷，成為農神。

原典

《山海經．海內西經》：「后稷之葬，山水環之。在氐國西。」

典故

傳說，后稷用木頭和石塊發明了簡單的農具，教導人們耕田種地。人們原本靠著打獵和採集野果生活，有時免不了要挨餓，自從跟著后稷學會了耕種，日子便過得比以前好了。漸漸地，大家都信服了后稷在農業上的成就，於是耕地種田——這一件新鮮且有意義的勞動，就首先在后稷母親的家鄉有邰流傳開來，後來更流傳到各地。

國君帝堯知道了后稷的事蹟，就聘請他來掌管農業，指導百姓耕作。後來帝堯的繼承者帝舜為了表彰后稷的功績，還把有邰這個地方封給他，這裡就是周朝興起的地方，后稷就是周人的祖先。

057

羿

yì 一、

簡介

羿一般是指后羿。傳說，后羿曾經登上崑崙山，向西王母求得了長生不老藥。

原典

《山海經‧海內西經》：「在八隅之岩，赤水之際，非仁羿莫能上岡之岩。」

典故

堯統治時期，有十個太陽一同出來。灼熱的陽光曬焦了莊稼，花草樹木乾死，老百姓連吃的東西都沒有。鑿齒、九嬰、大風、封豨、修蛇等怪獸也來禍害人間，使得當時在位的堯只能向天帝禱告，天帝便派后羿去為民除害。后羿射掉了九個太陽，只留下一個正常運行，為人間送去光明，接著又去四面八方除掉了為禍人間的怪獸。

簡介

犬封國有一種帶有斑紋的馬叫吉量，全身呈白色，有紅色的鬃毛，牠的眼睛像黃金一樣閃閃發光，人只要騎過牠就能壽達千歲。

原典

《山海經．海內北經》：「有文馬，縞身朱鬣，目若黃金，名曰吉量，乘之壽千歲。」

典故

吉量又稱吉光。漢東方朔《海內十洲記》記載，天漢三年，漢武帝到北海祭祀恆山。四月，西國王的使者到達京城，進獻了一件吉光裘，漢武帝接受了，但並沒有重視，只是將裘衣放入了倉庫。吉光其實是一種神馬，其皮毛做成的裘衣是黃色的，入水幾天不沉，入火不焦。漢武帝後來才明白這件裘衣的妙處，這才重謝使者並將他遣送回去。

058

吉量

jí liàng

ㄐㄧˊ ㄌㄧㄤˋ

059

騶吾

zōu wú

ㄗㄡ ㄨˊ

簡介

騶吾是林氏國特有的一種珍奇野獸，身形有老虎那麼大，身上五彩斑斕，尾巴比身子還長，騎上牠就能日行千里。

原典

《山海經．海內北經》：「林氏國有珍獸，大若虎，五采畢具，尾長於身，名曰騶吾，乘之日行千里。」

典故

騶吾是一種仁德忠義之獸，外猛而威內。騶吾的外型像白虎，長著黑色紋理，尾巴比身體還長，有志信之德，不食人。據說牠從不踐踏正在生長的青草，而且只吃自然老死的動物肉，非常仁義。

騶吾還是一種祥瑞之獸，當君王聖明仁義時，騶吾就會出現。

060

五采鳥

wǔ cǎi niǎo

ㄨˇ ㄘㄞˇ ㄋㄧㄠˇ

簡介

五采鳥和鳳凰一樣，是祥瑞之鳥。這些鳥是帝俊在下界的朋友，而帝俊在下界的兩個神壇就是由五彩鳥掌管的。

原典

《山海經．大荒東經》：「有五采之鳥，相鄉棄沙。惟帝俊下友。帝下兩壇，采鳥是司。」

061

延維

yán wéi

ㄧㄢˊ ㄨㄟˊ

簡介

延維又叫委蛇、委維或委神，是水澤之神。

原典

《山海經．海內經》：「有神焉，人首蛇身，長如轅，左右有首，衣紫衣，冠旃冠，名曰延維，人主得而饗食之，伯天下。」

典故

春秋時代，齊國國君齊桓公有一次外出打獵，齊相管仲親自為其駕車。突然間，桓公看見了一個鬼，他驚魂未定地問：「仲父你看到什麼了嗎？」管仲答道：「我什麼也沒有看到。」桓公嚇得丟魂失魄，回宮以後就病倒了。

皇子告敖主動求見桓公，對他說：「這是您自己的心病，鬼怎麼能傷害得了您呢？」齊桓公不禁半信半疑地問道：「那麼，到底世間有沒有鬼呢？」皇子告敖肯定地回答：「確實也有鬼，山上有夔，原野中有彷徨，水澤中有委蛇。您在水澤狩獵，看到的自然是委蛇。」桓公問：「委蛇什麼樣？」皇子說：「委蛇穿紫色衣服，戴紅色冠冕。他不喜歡聽雷聲車響，往往支撐著腦袋站立著。誰看見他，誰就能稱霸天下，所以他不是一般人所能見到的。」聽到這裡，桓公精神振奮，大笑著說：「這就是我所看到的！」當天，他的病就好了。

後來齊桓公果然稱霸，成為春秋五霸之首。

062

狂鳥

kuáng niǎo

ㄎㄨㄤˊ ㄋㄧㄠˇ

簡介

狂鳥身上五彩斑斕，頭上有冠，牠是鳳凰一類的吉祥之鳥。

原典

《山海經·大荒西經》：「有五采之鳥，有冠，名曰狂鳥。」

典故

《爾雅·釋鳥》曰：「狂，夢鳥。」袁珂注：「按狂即皇，夢即鳳，皆音之轉。」根據這點來看，狂鳥就是鳳凰一類的鳥。

第二章

守護圖鑑

古代生產力低，若遇天災，便可能失去賴以生存的家園，於是人們便把希望寄托於守護神獸，向這些神獸祈求，保佑百姓風調雨順、收穫好的生活。《山海經》中記載了很多守護神獸，通常具有超凡的力量和智慧，被認為是神靈的化身。

063

鹿蜀

lù shǔ

ㄌㄨˋ ㄕㄨˇ

簡介

鹿蜀是居住在杻陽山的一種獸，外形如馬，頭為白色，身上有老虎一樣的花紋，而且還有紅色的尾巴。牠的聲音如同人在吟唱，配戴其皮毛能福延子孫。

原典

《山海經．南山經》：「有獸焉，其狀如馬而白首，其文如虎而赤尾，其音如謠，其名曰鹿蜀，佩之宜子孫。」

典故

明代白話歷史神怪小說《有夏志傳》中有關大禹治水的一節提到，大禹一行人進入杻陽山，好似聽見有樵夫在荒無人煙的山裡唱歌。大禹說：「此鹿蜀獸也。」《欽定古今圖書集成．博物彙編．禽蟲典》上也有一則關於鹿蜀的記載，傳說明代崇禎年間，鹿蜀在閩南地區出現過，當時浙江嘉興崇德人吳爾塤還為此做了一首詩，可惜這首詩並沒有流傳下來。

064

旋龜

xuán guī

ㄒㄩㄢˊ ㄍㄨㄟ

簡介

旋龜是一種黑色的龜，腦袋像鳥，尾巴與蛇的尾巴相似。牠發出的聲音就像劈木頭的聲音一樣，佩戴牠可以防止耳聾，還能醫治腳底的老繭。

原典

《山海經．南山經》：「其中多玄龜，其狀如龜而鳥首虺尾，其名曰旋龜，其音如判木，佩之不聾，可以為底。」

典故

東晉王嘉《拾遺記》中有玄龜幫助大禹治水的故事：大禹治水，努力疏導溝渠，開道合川，平移山嶽。有一條黃龍搖曳著尾巴走在最前開路，有一隻玄龜與龍同行，龜背上則馱著青泥，傳說這種泥是天上的神物息壤。遇到洪水氾濫的地方，禹就順手取龜背上一小塊青泥投去，馬上就會長成一座山或一道堤壩。就這樣，他們很快就把氾濫了多年的洪水治理好了。

065

灌灌

guàn guàn

ㄍㄨㄢˋ ㄍㄨㄢˋ

簡介

一種外形像斑鳩的鳥，這種鳥啼叫的聲音如同人在互相斥罵，把牠的羽毛插在身上就不會被迷惑。

原典

《山海經．南山經》：「有鳥焉，其狀如鳩，其音若呵，名曰灌灌，佩之不惑。」

簡介

錢來山有一種獸，名叫羬羊。牠的外形像羊，卻長著馬一樣的尾巴，其油脂可用來治療皮膚乾裂。

原典

《山海經．西山經》：「有獸焉，其狀如羊而馬尾，名曰羬羊，其脂可以已臘。」

066

羬羊

qián yáng

ㄑㄧㄢˊ ㄧㄤˊ

067

橐𩇯
tuó féi

ㄊㄨㄛˊ ㄈㄟˊ

簡介

橐𩇯的樣子像貓頭鷹，有人的面孔，一隻腳。這種鳥冬天出沒，夏天蟄睡，披上牠的羽毛就不怕打雷。

原典

《山海經．西山經》：「有鳥焉，其狀如梟，人面而一足，曰橐𩇯，冬見夏蟄，服之不畏雷。」

典故

傳說南朝陳快要滅亡的時候，有一群一足鳥聚集在宮殿中，紛紛用鳥喙寫出救國之策，據說這些一足鳥就是橐𩇯。

068

鴖

mín ㄇㄧㄣˊ

簡介

一種外形像翠鳥卻長著紅嘴巴的鳥。飼養這種鳥可以辟火。

原典

《山海經．西山經》：「其鳥多鴖，其狀如翠而赤喙，可以御火。」

069

谿邊

xī biān ㄒㄧ ㄅㄧㄢ

簡介

谿邊住在天帝山中，樣子像狗，會爬樹。據説用牠的皮毛做成褥子，睡在上面的人可以不被蠱毒邪氣所侵。

原典

《山海經．西山經》：「有獸焉，其狀如狗，名曰谿邊，席其皮者不蠱。」

070

鸓鳥

lěi niǎo

ㄌㄟˇ ㄋㄧㄠˇ

簡介

鸓鳥長得像連體人，赤黑而兩首四足，狀似喜鵲。人飼養牠可以御火，牠就是雙頭四腳的辟火異獸。

原典

《山海經．西山經》：「其鳥多鸓，其狀如鵲，赤黑而兩首、四足，可以御火。」

典故

傳說，翠山有一次突起大火，無法控制，忽然鸓鳥翩然落下，火焰竟漸漸地熄滅了。因此古人認為飼養鸓鳥和飼養鴟鳥、赤鷩一樣，有避火的作用。

071

葆江

bǎo jiāng

ㄅㄠˇ ㄐㄧㄤ

簡介

葆江是傳說中負責看守不死藥的神靈，被鼓在崑崙山之南所殺死。

原典

《山海經・西山經》：「其子曰鼓，其狀人面而龍身，是與欽䲹殺葆江於崑崙之陽。」

簡介

長乘看起來像人，卻長著犳的尾巴，掌管嬴母山。

原典

《山海經．西山經》：「西水行四百里，流沙二百里，至於嬴母之山，神長乘司之，是天之九德也。其神狀如人而犳尾。」

典故

長乘是九德之氣匯聚所生，具有無邊的神力，九德就是忠、信、敬、剛、柔、和、固、貞、順九種優良的品格。天帝曾賜給長乘很高的官位，但他淡泊名利，只希望自己能體察人間疾苦，腳踏實地為百姓多賜一些福氣，於是長乘向天帝請求當嬴母山的山神。

山神長乘文質彬彬、謙遜有禮，前來嬴母山拜見他的人絡繹不絕。長乘會善待每一個有求於他的人，認真地傾聽對方遇到的難處，然後恰當地賜福予人們。

072

長乘

ㄔㄤˊ ㄔㄥˊ

cháng chéng

073

bì fāng

畢方

ㄅㄧˋ ㄈㄤ

簡介

畢方形似鶴，獨足，白嘴，藍身，身上帶著紅色斑紋。當牠一邊發出「畢方、畢方」的叫聲飛掠而來時，村裡就會發生妖火，雖然牠的出現象徵火災降臨，但其實畢方本身是擁有滅火能力的妖怪。

原典

《山海經．西山經》：「有鳥焉，其狀如鶴，一足，赤文青質而白喙，名曰畢方，其鳴自叫也，見則其邑有訛火。」

典故

傳說遠古時期，畢方是天帝身邊的童子，他不忍心人類因為沒有火而滅亡，趁天帝睡覺的時候，把火種偷了出來，悄悄地帶到人間。畢方在一棵樹下遇到一個快要凍死的年輕人，他用火溫暖年輕人的心，讓他恢復了生機與力氣。畢方擔心天帝醒後會追來，就將火種交給被他救活的年輕人，叮囑他要把這火與熱傳遍大地，讓天下所有的人不再害怕寒冷，不再有人被凍死。從此，人類開創了嶄新的文明世界，而畢方也成了銜火的鳥，人間處處都有牠的身影。

074

天狗

tiān gǒu

ㄊㄧㄢ ㄍㄡˇ

簡介

天狗樣子像野貓，腦袋是白色的，叫聲像「貓貓」，把牠飼養在身邊可以防避凶邪之氣。

原典

《山海經．西山經》：「有獸焉，其狀如狸而白首，名曰天狗，其音如貓貓，可以御凶。」

典故

傳說，后羿為民除害射落了九個太陽，因此得到王母娘娘獎賞的靈藥。沒想到靈藥被嫦娥偷吃，她獨自升天。此時，門外的獵犬黑耳聽到動靜，吠叫著撲進屋內，把剩下的靈藥舔盡。嫦娥聽見黑耳的叫聲，慌忙闖進月亮裡，而黑耳毛髮直豎，身體卻不斷變大，一下子撲上去，竟然將嫦娥連同月亮一起吞下。玉帝及王母娘娘得知後，下令天兵去捉拿。當黑狗被捉來後，王母娘娘認出這是后羿的獵犬，便封之為天狗，負責守護南天門。黑耳受到恩封，便吐出了月亮和嫦娥。

簡介

中曲山中有一種野獸，牠的外形如同普通的馬，有白色的身子和黑色的尾巴，長有一隻角，且有老虎的牙齒和爪子，發出的聲音如同擊鼓的響聲，名叫駮，以吃虎豹為生，把牠飼養在身邊可以用來抵御兵災。

原典

《山海經．西山經》：「有獸焉，其狀如馬，而白身黑尾，一角，虎牙爪，音如鼓，其名曰駮，是食虎豹，可以御兵。」

典故

有一次，齊桓公騎馬出遊，路上有一隻老虎遠遠望見他，便急忙地趴在地上。齊桓公出遊歸來，問管仲道：「今天我騎馬出遊，路上的老虎望見我，嚇得趴在地上不敢動，這是為什麼呢？」管仲聽了，問道：「今天您一定是騎著一匹青白雜色的駿馬，迎著太陽奔跑的吧。」齊桓公回答道：「對！」管仲解釋道：「這匹駿馬在陽光下奔跑的樣子很像一種叫駮的動物。能吃虎和豹，所以老虎害怕了。」

075

駮

bó ㄅㄛˊ

076

孰湖

shú hú

ㄕㄨˊ ㄏㄨˊ

簡介

孰湖是崦嵫山中的一種野獸，馬身鳥翼，人面蛇尾，喜歡將人舉起來。

原典

《山海經．西山經》：「有獸焉，其狀馬身而鳥翼，人面蛇尾，是好舉人，名曰孰湖。」

典故

《山海經．西山經》中第四系列山上的大部分神獸，都是守護、庇佑山岳的存在，因此推測孰湖應該是這一系列山脈中某個部落的「山神」，或者是當地族群圖騰崇拜的對象。

077

讙疏

huān shū

ㄏㄨㄢ ㄕㄨ

簡介

讙疏的樣子像馬，頭上長著一隻如磨刀石般堅硬的角，人們可以養牠來防御火災。

原典

《山海經．北山經》：「有獸焉，其狀如馬，一角有錯，其名曰讙疏，可以辟火。」

典故

在中國神話中，獨角馬形神獸被稱為龍馬，牠是一種吉祥之物，只有在履行重要使命時才會出現。牠的出現被人們視為美好時代的象徵，傳說大約五千年前出現了第一隻龍馬，並將文字傳授給伏羲皇帝。西元前二六九七年，另一隻龍馬出現在黃帝的花園，這一吉兆被視為黃帝之統治將千秋萬代，和平繁榮。堯帝統治時期也出現過兩隻龍馬，因此，堯帝便成為四千年前的五帝之一。

078

孟槐

mèng huái

ㄇㄥˋ ㄏㄨㄞˊ

簡介

孟槐外形似豪豬，全身長有紅色的毛，發出的聲音如同軲轆抽水，傳說把牠飼養在身邊可以躲避凶邪。

原典

《山海經．北山經》：「有獸焉，其狀如貆而赤毫，其音如榴榴，名曰孟槐，可以御凶。」

典故

傳說孟槐可以御凶，也有說孟槐非常厭惡人類。孟槐形似豪豬，長在深山老林，喜歡破壞莊稼，常常遭到人們圍追堵截。牠的刺是致命武器，如果被刺進了皮膚，不僅難以拔掉，還可能引起傷口感染，給傷者帶來巨大的痛苦，甚至導致死亡，所以孟槐即便是可以辟邪的瑞獸，也沒能在傳說中留下美名。

079

yù

寓 ㄩˋ

簡介

寓鳥的形狀與老鼠相似，長著和鳥一樣的翅膀，發出的聲音像羊的叫聲，人們可用牠來抵御兵器的傷害。

原典

《山海經・北山經》：「其鳥多寓，狀如鼠而鳥翼，其音如羊，可以御兵。」

典故

據説，寓鳥可以預報兵情，人飼養牠可以防止兵戈之災。在漢代的帛畫、石刻等文物中，寓鳥的形象屢見不鮮。郝懿行在《山海經箋疏》中寫道：「此經寓鳥，蓋蝙蝠之類，唯蝙蝠肉翅為異。」依此推測，寓鳥便是蝙蝠。蝙蝠的「蝠」諧音「福」，寓意美好，所以自古以來就將其作為吉祥的象徵。在明清時期，人們吃穿用行的各類器具、衣物都喜歡用蝙蝠紋。

080

bēn

鵸 ㄅㄣ

簡介

鵸形體像喜鵲，長著白色的身體、紅色的尾巴和六隻腳，這種鳥十分警敏。

原典

《山海經．北山經》：「有鳥焉，其狀如鵲，白身、赤尾、六足，其名曰鵸，是善驚，其鳴自詨。」

典故

人們猜想鵸可能是喜鵲，因為喜鵲能報喜。民間有一個故事：唐貞觀末期有個叫黎景逸的人，家門前的樹上有個鵲巢，他常餵食巢裡的鵲兒，時間一長，人鳥便有了感情。後來黎景逸被冤枉入獄，令他倍感痛苦。突然有一天，他餵食的那隻鳥停在獄窗前歡叫不停。他暗自想大約有好消息要來了，三天後他便被無罪釋放。其實，是喜鵲變成人，假傳了聖旨，他才被釋放。

081

精衛

jīng wèi

ㄐㄧㄥ ㄨㄟˋ

簡介

精衛是中國上古時代傳說中的一隻神鳥，原是炎帝小女——女娃。
一日，女娃在東海溺水而死，死後化身為鳥。

原典

《山海經．北山經》：「又北二百里，曰發鳩之山。其上多柘木。有鳥焉，其狀如烏，文首、白喙、赤足，名曰精衛，其鳴自詨。是炎帝之少女，名曰女娃。女娃游於東海，溺而不返，故為精衛。常銜西山之木石，以堙於東海。」

典故

神農炎帝每天到東海去指揮太陽升起，直到太陽落山才回家。他有一個女兒叫「女娃」，一直很想去看看東海以外太陽升起的地方——歸墟。有一次，她跳到東海裡向歸墟游去，越游越遠。不料，一陣風浪襲來，把女娃吞沒了。
女娃就此沉入了東海，再也沒有回來，可是女娃的精魂沒有死，她化作小鳥，頭上的野花化作前額的花紋，腳上的小紅鞋變成了紅爪——她發誓要填沒東海！
精衛和海燕結成配偶，繁衍後代，讓自己的填海精神世世代代流傳下去，直到把大海填平為止。

082

胐胐

fěi fěi

ㄈㄟˇ ㄈㄟˇ

簡介

胐胐的形狀似山貓，長著白色尾巴，頸部長有長毛。人們飼養牠可以治療憂愁。

原典

《山海經．中山經》：「有獸焉，其狀如狸，而白尾有鬣，名曰胐胐，養之可以已憂。」

典故

北宋汪若海《麟書》曰：「安得胐胐之與遊，而釋我之憂也哉。」可見與胐胐同行就可釋懷心中的憂愁。

083

獸身人面獸

shòu shēn rén miàn shòu

ㄕㄡˋ ㄕㄣ ㄖㄣˊ ㄇㄧㄢˋ ㄕㄡˋ

簡介

東方第二列山系一共十七座山的山神，都長著野獸的身子，人的面孔，頭上還戴著麋鹿角。

原典

《山海經・東山經》：「凡東次二經之首，自空桑之山至於䃌山，凡十七山，六千六百四十里。其神狀皆獸身人面載觡。其祠：毛用一雞祈，嬰用一璧瘞。」

084

竊脂

qiè zhī

ㄑㄧㄝˋ ㄓ

簡介

竊脂外型與貓頭鷹相似，身子是紅色的，腦袋是白色的。把竊脂養在身邊可以防御火災。

原典

《山海經．中山經》：「有鳥焉，狀如鴞而赤身白首，其名曰竊脂，可以御火。」

典故

郭璞曾推測竊脂就是青雀，這種鳥喜歡偷肥肉，所以叫作竊脂，《爾雅》中也有類似記載。

085

青耕

qīng gēng

ㄑㄧㄥ ㄍㄥ

簡介

青耕外型與喜鵲相似，身子青色，長著白色的嘴、白色眼睛和白色的尾巴。把牠飼養在身邊，可以抵禦瘟疫，其叫聲像是在喊自己的名字。

原典

《山海經．中山經》：「有鳥焉，其狀如鵲，青身白喙，白目白尾，名曰青耕，可以御疫，其鳴自叫。」

086

鴸鵌

zhǐ tú

ㄓˇ ㄊㄨˊ

簡介

鴸鵌的外型與烏鴉相似，長著紅色的腳。把牠養在身邊可以防禦火災。

原典

《山海經．中山經》：「有鳥焉，其狀如烏而赤足，名曰鴸鵌，可以御火。」

087

于兒

yú ér ㄩˊ ㄦˊ

簡介

于兒居住在夫夫山，這位神長著跟人一樣的身子，手裡握著兩條蛇，常常在長江的深潭裡巡遊，出入時身上發出閃閃的光亮。

原典

《山海經．中山經》：「神于兒居之，其狀人身而身操兩蛇，常遊於江淵，出入有光。」

典故

傳說于兒就是操蛇之神，他聽說愚公要世世代代矢志不移地移走太行山、王屋山時，就去稟告天帝。天帝為愚公的誠意所感動，就派了夸娥氏的兩個兒子去背走那兩座大山，一座山放在朔東，一座山放到雍南。

088

蛫

guǒ ㄍㄨㄛˇ

簡介

蛫的形狀與龜相似，長著白色的身子、紅色的腦袋。飼養這種怪獸可以防火。

原典

《山海經．中山經》：「有獸焉，其狀如龜，而白身赤首，名曰蛫，是可以御火。」

089

乘黃

chéng huáng

ㄔㄥˊ ㄏㄨㄤˊ

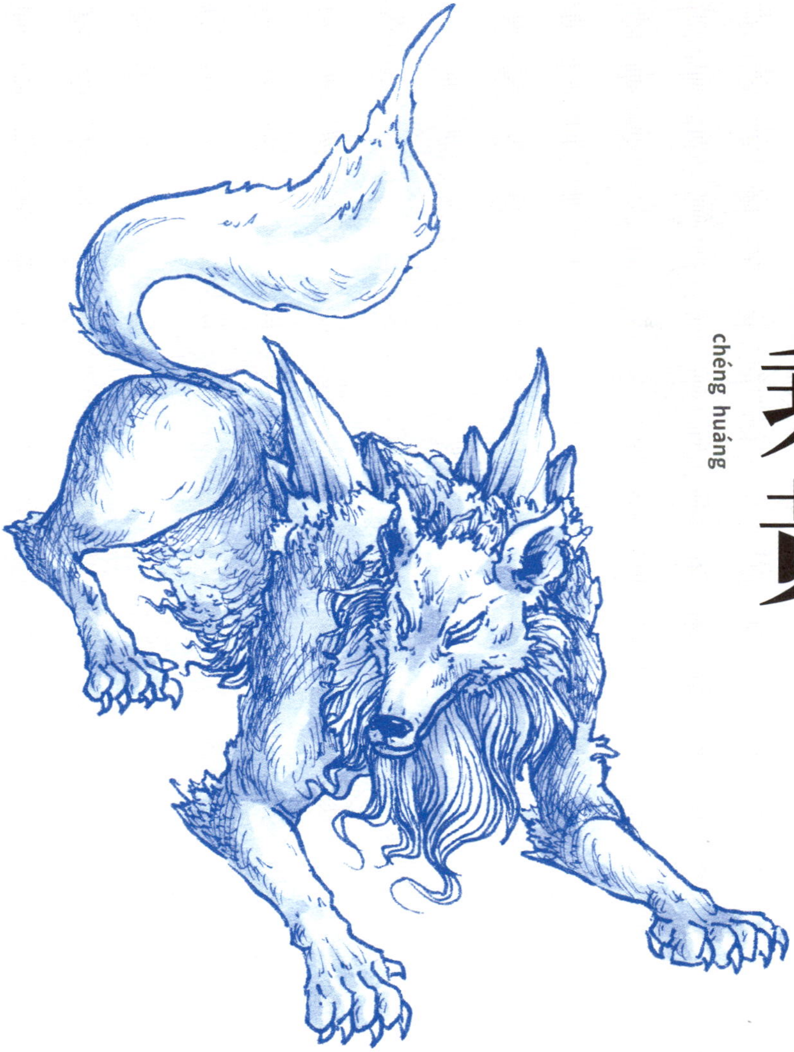

簡介

乘黃是白民國的一種獸，牠的外型與狐相似，但背上長著角。人若騎在牠的身上，就能活兩千歲。

原典

《山海經・海外西經》：「有乘黃，其狀如狐，其背上有角，乘之壽二千歲。」

典故

乘黃也叫騰黃，傳說黃帝就是在乘坐乘黃之後才飛升成仙的。北宋張君房《雲笈七籤》中就記載了黃帝與乘黃的故事：黃帝時期有一種叫騰黃的神獸，神獸通體黃色，形狀像狐狸，脊背上有兩隻角，還有龍的翅膀，能活兩千歲。騰黃每天可以行萬里，騎上牠的人能活至二千歲。黃帝曾得到牠並乘騎著牠行走於天下間，即乘八翼之龍巡遊天下，所以黃帝四處遷徙。

090

開明獸

kāi míng shòu

ㄎㄞ ㄇㄧㄥˊ ㄕㄡˋ

簡介

開明獸是傳說中崑崙山上黃帝帝都的守衛者，其身形跟老虎一樣龐大，長著九個腦袋和跟人一樣的臉。

原典

《山海經．海內西經》：「崑崙南淵，深三百仞，開明獸身大類虎而九首，皆人面，東向立崑崙上。」

典故

晉郭璞《山海經圖贊》記載：「開明天獸稟茲金精。」開明獸擁有老虎的身軀、人類的面孔，長得非常凶惡，瞪著眼睛守看崑崙，威震百靈。

091

冰夷

bīng yí

ㄅㄧㄥ ㄧˊ

簡介

冰夷又名馮夷、無夷，是中國古代神話中的黃河水神，亦有說法認為是河川之神的通稱。冰夷長著人一般的臉，駕乘著兩條龍。

原典

《山海經．海內北經》：「從極之淵，深三百仞，維冰夷恒都焉。冰夷人面，乘兩龍。一曰忠極之淵。」

典故

據說冰夷是華陰潼鄉人，因渡河被淹死，天帝封其為水神，變成了黃河河伯。冰夷曾化作白龍，遊戲於水上，被羿射瞎左眼。又一說，冰夷曾授夏禹治水地圖，幫助他治理洪水。

092
dēng bǐ shì
登比氏
ㄉㄥ ㄅㄧˇ ㄕˋ

093
xiāo míng
宵明
ㄒㄧㄠ ㄇㄧㄥˊ

094

燭光

zhú guāng

ㄓㄨˊ ㄍㄨㄤ

簡介

登比氏也叫登北氏，是帝舜的妻子。她生了宵明、燭光兩個女兒，這兩個女兒發出的光能照亮方圓百里。

原典

《山海經．海內北經》：「舜妻登比氏生宵明、燭光，處河大澤，二女之靈能照此所方百里。一曰登北氏。」

典故

傳說，帝舜的第三個妻子登比氏夜裡在睡夢中升到天上，天上雖然沒有太陽，卻有光明，其光芒射目，非常刺目。她驚醒後發現，夢中的那道光芒是蠟燭，之後她生下一對雙胞胎女兒，便因此取名為宵明、燭光。

095

雷神 ㄌㄟˊ ㄕㄣˊ

léi shén

簡介

雷神住在雷澤中，長著跟龍一樣的身子、跟人一樣的腦袋。據說，雷神只要拍一下自己的腹部，就會發出打雷聲。

原典

《山海經・海內東經》：「雷澤中有雷神，龍身而人頭，鼓其腹。在吳西。」

典故

華胥國有位名叫「華胥氏」的姑娘，一日去雷澤遊玩，忽然看見地上有一個巨大腳印。她不知這個是雷神在雷澤中留下的腳印，就用自己的腳踩了一下，過不久就覺得肚子有些不適，沒想到竟有了身孕。這一孕就是十二年，最後生下一個兒子，而這個兒子竟然是個怪胎——有蛇的身體、人的腦袋，華胥氏便替他取名為伏羲。

096 & 097

顓頊與四蛇

zhuān xū yǔ sì shé

ㄓㄨㄢ ㄒㄩ ㄩˇ ㄙˋ ㄕㄜˊ

簡介

顓頊姬姓，高陽氏，黃帝之孫，昌意之子，為上古部落聯盟首領，「五帝」之一。顓頊死後葬於鮒魚之山，四蛇負責守衛他的陵墓。

原典

《山海經．海內東經》：「漢水出鮒魚之山，帝顓頊葬於陽，九嬪葬於陰，四蛇衛之。」

典故

東晉干寶《搜神記》記載，舊時顓頊氏有三個子嗣，死後成疫鬼：一居江水為瘧鬼，一居若水為魍魎鬼，一居人宮室善驚人小兒，為小兒鬼。

098

xī hé

羲和

ㄒㄧ ㄏㄜˊ

簡介

羲和是帝俊的妻子，她生了十個太陽。

原典

《山海經．大荒南經》：「有女子名曰羲和，方浴日於甘淵。羲和者，帝俊之妻，是生十日。」

典故

羲和為日母，與十個太陽一起居住在甘淵，常常在甘淵中為太陽沐浴。邊上有一棵數千丈的扶桑神樹，是十個太陽睡覺的地方；其中九個太陽住在下面的枝條上，一個太陽住在上面的枝條上，十兄弟輪流出現在天空中，每當一個太陽回來了，另一個才去照耀人間。每天太陽出行，都是由羲和駕車接送，雖然有十個太陽，但人們平時只能見到其中之一。後來，十個太陽不遵守規矩，一起飛出去，攪得人間大亂，才有了后羿射日的故事。

099

黃帝

huáng dì

ㄏㄨㄤˊ ㄉㄧˋ

簡介

少典之子，本姓公孫，長居姬水，因改姓姬，居軒轅之丘（在今河南新鄭西北），故號「軒轅氏」，出生、創業和建都於有熊（今河南新鄭），又稱「有熊氏」，因有土德之瑞，故號「黃帝」。

原典

《山海經．大荒北經》：「黃帝乃取山之玉榮，而投之鍾山之陽。」

100

晏龍

yàn lóng

ㄧㄢˋ ㄌㄨㄥˊ

簡介

晏龍是古代傳説中的樂神，帝俊之子，曾製作琴和瑟兩種樂器。

原典

《山海經．海內經》：「帝俊生晏龍，晏龍是始為琴瑟。」

典故

宋虞汝明《古琴疏》中説，晏龍有六張良琴：菌首、義輔、蓬明、白民、簡開、垂漆。這雖是後人增飾之説，但從中也可以看出晏龍與音樂的密切關係。

101

dì jùn

帝俊

ㄉㄧˋ ㄐㄩㄣˋ

簡介

帝俊又作「帝夋」，華夏神話中的上古天帝。

原典

《山海經．大荒東經》：「有黑齒之國。帝俊生黑齒，姜姓，黍食，使四鳥。」

典故

有關帝俊的神話記載相當零碎，幾乎集中在《山海經》，其他書籍並無所見。帝俊有三個妻子，一個名叫羲和，住在東方海外的甘淵，生下十個太陽；另一位名叫常羲，住在西方荒野，生下十二個月亮；還有一位名叫娥皇，住在南方荒野，生了三身國的先祖。這位先祖有一個頭、三個身體，後代子孫也都是這般模樣。帝俊時常從天上降至人間，和下方會面對面舞蹈的五彩鳥交朋友；在人間，帝俊的兩座祠壇就是由這些五彩鳥管理的。在北方荒野還有一座帝俊的竹林，據說斬下竹的一節，剖開來就可以製作船。堯的時候，十日並出，帝俊曾經賜給羿紅色的弓與白色的箭，叫他到人間拯救人民的困苦。

102

折丹

zhé dān

ㄓㄜˊ ㄉㄢ

簡介

折丹主管東風起停的神。東方的人稱他為折，從東方吹過來的風稱為俊風。

原典

《山海經．大荒東經》：「名曰折丹——東方曰折，來風曰俊——處東極以出入風。」

103

應龍

ㄧㄥˋ ㄌㄨㄥˊ

yìng lóng

簡介

應龍是黃帝時期的神龍，曾幫助大禹治水。應龍又是龍中的最神異者，蛟千年化為龍，龍五百年化為角龍，角龍再過千年才能化為應龍。

原典

《山海經·大荒東經》：「大荒東北隅中，有山名曰凶犁土丘。應龍處南極，殺蚩尤與夸父，不得復上。故下數旱。旱而為應龍之狀，乃得大雨。」

典故

應龍殺了蚩尤和夸父，卻再也不能回到天界，自此天上沒有了應龍行雲布雨，導致下界多次發生旱災，於是人們在大旱時便模仿應龍的樣子求雨。相傳，殷初商湯看到肥遺，結果招致長達七年的旱災，後來商湯便模仿應龍的樣子做了一條土龍來求雨，過不多時，天空果然烏雲密布，霎時間便大雨滂沱，從而結束了七年之旱。

104

夔牛

kuí niú

ㄎㄨㄟˊ ㄋㄧㄡˊ

簡介

夔牛的外型與牛相似，長著蒼色的身子，頭上沒有角，只有一條腿。牠出入水中時，一定會有風雨相伴。這種獸發出的光像日月一般明亮，發出的聲音像是打雷聲。

原典

《山海經．大荒東經》：「其上有獸，狀如牛，蒼身而無角，一足，出入水則必風雨，其光如日月，其聲如雷，其名曰夔。黃帝得之，以其皮為鼓，橛以雷獸之骨，聲聞五百里，以威天下。」

典故

相傳，黃帝與蚩尤在涿鹿大戰時，玄女為黃帝製作了八十面夔牛鼓，每面鼓聲震五百里；八十面鼓齊響，聲震數千里，威風至極。當時蚩尤銅頭鐵額，能吃石頭；飛空走險，無往不利。黃帝用夔牛鼓連擊九下，蚩尤竟然被震懾住，再也不能飛走，最終被黃帝捉住殺死。

105

因因乎

yīn yīn hū

ㄧㄣ ㄧㄣ ㄏㄨ

簡介

因因乎是大地最南端掌管風的神，南方稱他為因乎，從南方吹來的風被叫作民。

原典

《山海經·大荒南經》：「有神名曰因因乎——南方曰因乎，來風曰乎民——處南極以出入風。」

女媧之腸

nǚ wā zhī cháng

ㄋㄩˇ ㄨㄚ ㄓ ㄔㄤˊ

簡介

女媧之腸是由女媧的腸子變幻而成的神，共有十人。

原典

《山海經．大荒西經》：「有神十人，名曰女媧之腸，化為神，處栗廣之野，橫道而處。」

典故

郭璞注：「或作女媧之腹。女媧，古神女而帝者，人面蛇身，一日中七十變，其腹化為此神。」

107

石夷

shí yí

ㄕˊ ㄧˊ

簡介

石夷是四方神之一，西方之神，又是西方風神。他處在大地的西北角掌管太陽和月亮升起、落下時間的長短。

原典

《山海經．大荒西經》：「有人名曰石夷——西方曰夷，來風曰韋——處西北隅以司日月之長短。」

典故

西方人單稱石夷為夷，把從北方吹來的風稱作韋。郝懿行注：「西北隅為日月所不到，然其流光餘景，亦有晷度長短，故應有主司之者也。」

108

叔均

shú jūn

ㄕㄨˊ ㄐㄩㄣ

簡介

叔均是帝俊的子孫，為發明之神，是牛耕的發明者。叔均曾經代替他的父親和伯父后稷播種各種穀物，這才有了耕作。

原典

《山海經·大荒西經》：「有人方耕，名曰叔均。帝俊生后稷，稷降以百穀。稷之弟曰台璽，生叔均。叔均是代其父及稷播百穀，始作耕。」

109

太子長琴

ㄊㄞˋ ㄗˇ ㄓㄤˇ ㄑㄧㄣˊ

tài zǐ zhǎng qín

簡介

太子長琴是祝融之子。住在榣山之上，是他始創音樂，使音樂風行於世。

原典

《山海經‧大荒西經》：「其上有人，號曰太子長琴。顓頊生老童，老童生祝融，祝融生太子長琴，是處榣山，始作樂風。」

典故

《古琴疏》中說，祝融取授山之櫬作琴，彈之有異聲，能招來五色鳥在庭中起舞，因此祝融為自己的長子取名為琴，所以「長」應讀作「ㄓㄤˇ」。傳說，長琴演奏時，三隻有著五彩羽毛的鳥——皇來、鸞來、鳳來會聽著他的曲子翩翩起舞，天空一片斑斕，甚是好看，故太子長琴又被稱為「樂神」。

110

常羲

cháng xī

ㄔㄤˊ ㄒㄧ

簡介

常羲又稱常儀，為帝俊的妻子，生下十二個月亮，因此常羲也是月神。

原典

《山海經．大荒西經》：「有女子方浴月。帝俊妻常羲，生月十有二，此始浴之。」

典故

古代羲、儀同聲通用，故常羲即常儀。常儀善於占卜月之晦、朔、弦、望，實為古之月神。儀、娥古亦同聲通用，所以月神常羲又逐漸演變為奔月之嫦娥。

111

吳回

wú huí

ㄨˊ ㄏㄨㄟˊ

簡介

吳回是一個只剩左臂膀，沒有右臂膀的天神。

原典

《山海經・大荒西經》：「有人名曰吳回，奇左，是無右臂。」

典故

關於吳回的身分有兩種說法，一說吳回是祝融之弟，說法參見郭璞注：「吳回，祝融弟，亦火正也。」另一說吳回就是祝融，說法參見《史記》：帝嚳誅殺了重黎，讓他的弟弟吳回替代重黎擔任火正，名為祝融。

112

強良

qiáng liáng

ㄑㄧㄤˊ ㄌㄧㄤˊ

簡介

強良是居住在北極天櫃山的神，長著虎首人身，有四只蹄子，肘臂很長，嘴中銜著一條蛇，手裡還握著一條蛇。傳說，強良能夠驅邪逐怪，所以古代的巫術大儺儀式中經常出現他的身影。

原典

《山海經．大荒北經》：「又有神，銜蛇操蛇，其狀虎首人身，四蹄長肘，名曰強良。」

113 & 114

風伯和雨師

fēng bó hé yǔ shī

ㄈㄥ ㄅㄛˊ ㄏㄜˊ ㄩˇ ㄕ

簡介

雨師又稱「青龍爺」，是民間信仰的司雨之神，風伯則是神話傳說中的風神。

原典

《山海經．大荒北經》：「蚩尤作兵伐黃帝，黃帝乃令應龍攻之冀州之野。應龍畜水，蚩尤請風伯雨師，縱大風雨。」

典故

神農時期的雨師名叫「赤松子」，他服用了神藥冰玉散，因此能自由鑽進火中而不被燒著。他常到崑崙山遊玩，經常進入西王母石室之中，隨著風雨來來去去。炎帝的小女兒追隨他也得了仙道，兩人都飛升離開人間。到高辛時，又被任命為雨師，遊人間。

115

共工

gòng gōng

ㄍㄨㄥˋ ㄍㄨㄥ

簡介

共工是水神，蛇身人面，長著一頭紅髮。

原典

《山海經・海內經》：「炎帝之妻，赤水之子聽訞生炎居，炎居生節並，節並生戲器，戲器生祝融。祝融降處於江水，生共工。共工生術器，術器首方顛，是復土穰，以處江水。共工生后土，后土生噎鳴，噎鳴生歲十有二。」

典故

從前，共工與顓頊爭奪部落天帝之位，共工在大戰中慘敗後，憤怒地用頭撞擊不周山，使得支撐著天的柱子折斷了，拴著大地的繩索也斷了，所以天向西北方向傾斜，日月、星辰都向西北方移動；大地的東南角塌陷了，所以江河的積水、泥沙都朝東南角流去。

116

后土

hòu tǔ

ㄏㄡˋ ㄊㄨˇ

簡介

后土是中國上古神話中的中央之神，宋徽宗封后土為「承天效法厚德光大后土皇地祇」，亦稱「后土皇地祇」、「后土娘娘」，后土還是道教天神四御之一。中國古代有「皇天后土」之說，相對於主宰天界之玉皇大帝，后土是主宰大地山川之大神。

原典

《山海經．海內經》：「共工生后土，后土生噎鳴，噎鳴生歲十有二。」

典故

后土的來歷有多種傳說，《國語．魯語》稱后土為共工之子，能平定九州，成為地神。《左傳》又說后土是神的名稱：「土正曰后土。」《淮南子．天文》曰：「中央土也，其帝黃帝，其佐后土，執繩而治四方。」

117

gǔn

鯀

ㄍㄨㄣˇ

簡介

鯀是大禹的父親，黃帝之曾孫，有崇部落的首領，曾經治理洪水長達九年，用在岸邊設置河堤的障水法，緩解了中原氾濫的洪水。為治水竊取了天帝的息壤，後被天帝下令殺死。

原典

《山海經．海內經》：「洪水滔天。鯀竊帝之息壤以堙洪水，不待帝命。帝令祝融殺鯀於羽郊。鯀復生禹。帝乃命禹卒布土以定九州。」

典故

洪荒時代到處都是洪水，鯀為了治水偷拿天帝的息壤來堵塞洪水。天帝得知後大怒，派祝融在羽山郊野把鯀殺死。鯀死之後，從他腹中誕生了禹，於是天帝命禹治理洪水，禹最終以土工扼制了洪水，並劃定九州。

118

rù shōu

蓐收 ㄖㄨˋ ㄕㄡ

簡介

蓐收又名該，是中國古代神話中的金神、秋神、西方之神、天之刑神，五行神之一。他的左耳上有蛇，駕乘著兩條龍飛行。

原典

《山海經．海外西經》：「西方蓐收，左耳有蛇，乘兩龍。」

典故

《國語．晉語二》中記載，虢公有次夢見在一間廟中遇到一個人面白毛、虎爪執鉞的神，虢公害怕得想要逃跑，那個神人喊道：「不要走，天帝有命，讓晉國進城。」虢公害怕得跪地參拜，之後才得知這正是掌管刑罰的神——蓐收。

第三章

美食圖鑑

中國自古以來便有「民以食為天」的說法，這一點在《山海經》中早有體現。書中在描述很多珍異獸時，都以『食之……』結尾，其中不僅記載了怪獸的食用方法，更描述了其風味、作法等。這些遠古怪獸除了滿足食欲之外，還有更多神奇的療效。

119

狌狌 ㄕㄥ ㄕㄥ

sheng shēng

簡介

狌狌生活在鵲山中，長得像獼猴，但耳朵是白色的，趴著身子走路，還能像人一樣直立行走。人吃了牠的肉，能跑得更快。

原典

《山海經．南山經》：「有獸焉，其狀如禺而白耳，伏行人走，其名曰狌狌，食之善走。」

典故

漢王充在《論衡．是應》中寫道：「狌狌知往」，意指狌狌有通曉過去的本領，甚至能夠在你經過牠身旁的時候叫出你的名字。郭璞在《山海經圖贊》中說：「狌狌之狀，形乍如獸。厥性識往，為物警辨。以酒招災，自貽纓罥。」還額外給狌狌冠上了一個「嗜酒」的帽子。

120

鯥 ㄌㄨˋ

lù

簡介

鯥其形像牛，蛇尾有翼，生於脇骨，冬死而復生。據傳吃了鯥的肉可以去除身上的不適，是一味「鯥到病除」的上古神藥！

原典

《山海經．南山經》：「有魚焉，其狀如牛，陵居，蛇尾有翼，其羽在魼下，其音如留牛，其名曰鯥，冬死而夏生。食之無腫疾。」

121

肥遺鳥

féi yí niǎo

ㄈㄟˊ ㄧˊ ㄋㄧㄠˇ

簡介 肥遺鳥形狀像一般的鶴鶉，卻是黃色身軀、紅色嘴巴。人吃了牠的肉就能治癒瘋癲病，還能殺死體內寄生蟲。

原典 《山海經．南山經》：「有鳥焉，其狀如鶉，黃身而赤喙，其名曰肥遺，食之已癘，可以殺蟲。」

122

類

lèi ㄌㄟˋ

簡介

亶爰山有一種獸，外形像山貓，長著頭髮，這種獸叫作類。牠雌雄同體，人吃了牠的肉就不會嫉妒。

原典

《山海經．南山經》：「有獸焉，其狀如狸而有髦，其名曰類，自為牝牡，食者不妒。」

典故

相傳在明朝時，雲南蒙化府一帶經常見到這種野獸，當地人稱牠為香髦。又有傳說在南海山谷中有一種形貌像狸的靈貓，自為雌雄，可能也是類。

123

鵸鵌

chǎng fū

ㄔㄤˊ ㄈㄨ

簡介

鵸鵌是基山的一種禽鳥，形如雞，三頭六目，六隻腳，三隻翅膀，食其肉使人不瞌睡。

原典

《山海經・南山經》：「有鳥焉，其狀如雞而三首六目、六足三翼，其名曰鵸鵌，食之無臥。」

124

赤鱬

chì rú　ㄔˋ ㄖㄨˊ

簡介

赤鱬，外形如魚，長著一張人臉。赤鱬的叫聲如同鴛鴦，如果人吃了牠，可以不生疥瘡。

原典

《山海經．南山經》：「英水出焉，南流注於即翼之澤。其中多赤鱬，其狀如魚而人面，其音如鴛鴦，食之不疥。」

典故

在上古時期，赤鱬是一種常見的動物，牠們結伴而行，常常隱藏在沼澤裡。赤鱬實力弱小，但是善於隱匿，很難捕捉。

九尾狐

jiǔ wěi hú

ㄐㄧㄡˇ ㄨㄟˇ ㄏㄨˊ

簡介

九尾狐是青丘山中的一種野獸，外形像狐狸，長著九條尾巴，發出的聲音就像嬰兒的啼哭聲。這種野獸能吃人，但如果人吃了牠的肉，就不會受毒氣侵襲。

原典

《山海經．南山經》：「有獸焉，其狀如狐而九尾，其音如嬰兒，能食人；食者不蠱。」

典故

九尾狐是中國古代神話傳說中的神異動物，常被視為祥瑞的象徵，漢畫像中的九尾狐常與西王母一同出現。傳說，大禹的妻子便是一隻名為「塗山」的九尾白狐。後來，九尾狐的形象慢慢被妖化，民間傳說九尾狐會化身各種人物以媚惑欺騙，最著名的九尾狐當屬《封神演義》中的妲己。武王伐紂，九尾狐化身妲己，做了許多壞事讓商紂王失去了江山。九尾狐傳說甚至廣為流傳到了越南、朝鮮半島和日本。

126

虎蛟

hǔ jiāo

ㄏㄨˇ ㄐㄧㄠ

簡介

虎蛟是魚身而蛇尾，叫聲像鴛鴦。吃了牠的肉可讓人不生腫瘡，還可以治療痔瘡。

原典

《山海經・南山經》：「其中有虎蛟，其狀魚身而蛇尾，其音如鴛鴦，食者不腫，可以已痔。」

典故

傳說，漢昭帝曾經在渭水釣到一隻白色的虎蛟，肉質細膩美味。

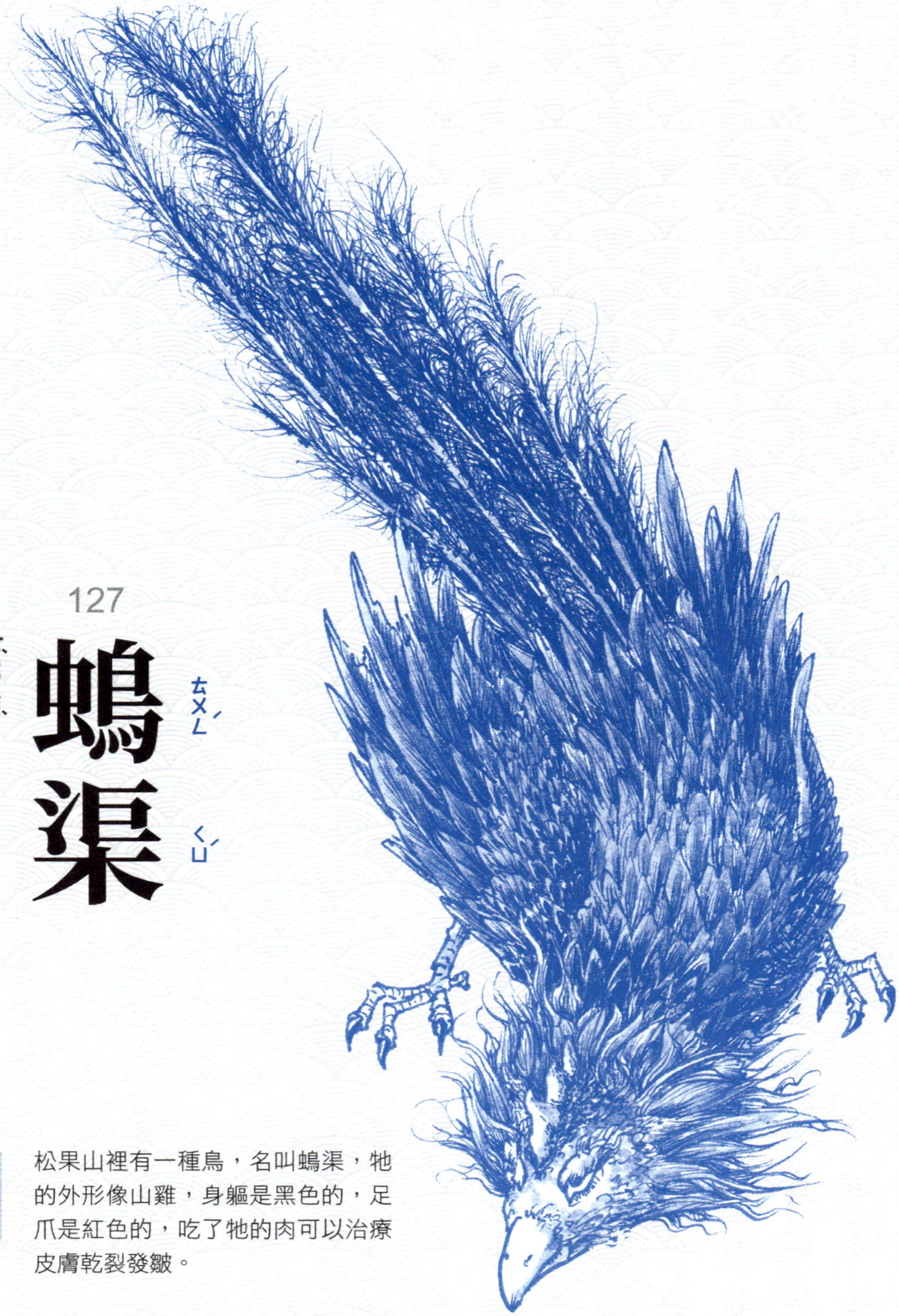

127

螐渠

tóng qú

ㄊㄨㄥˊ ㄑㄩˊ

簡介

松果山裡有一種鳥，名叫螐渠，牠的外形像山雞，身軀是黑色的，足爪是紅色的，吃了牠的肉可以治療皮膚乾裂發皺。

原典

《山海經．西山經》：「有鳥焉，其名曰螐渠，其狀如山雞，黑身赤足，可以已䐢。」

128

chì bì

赤鷩

ㄔˋ ㄅㄧˋ

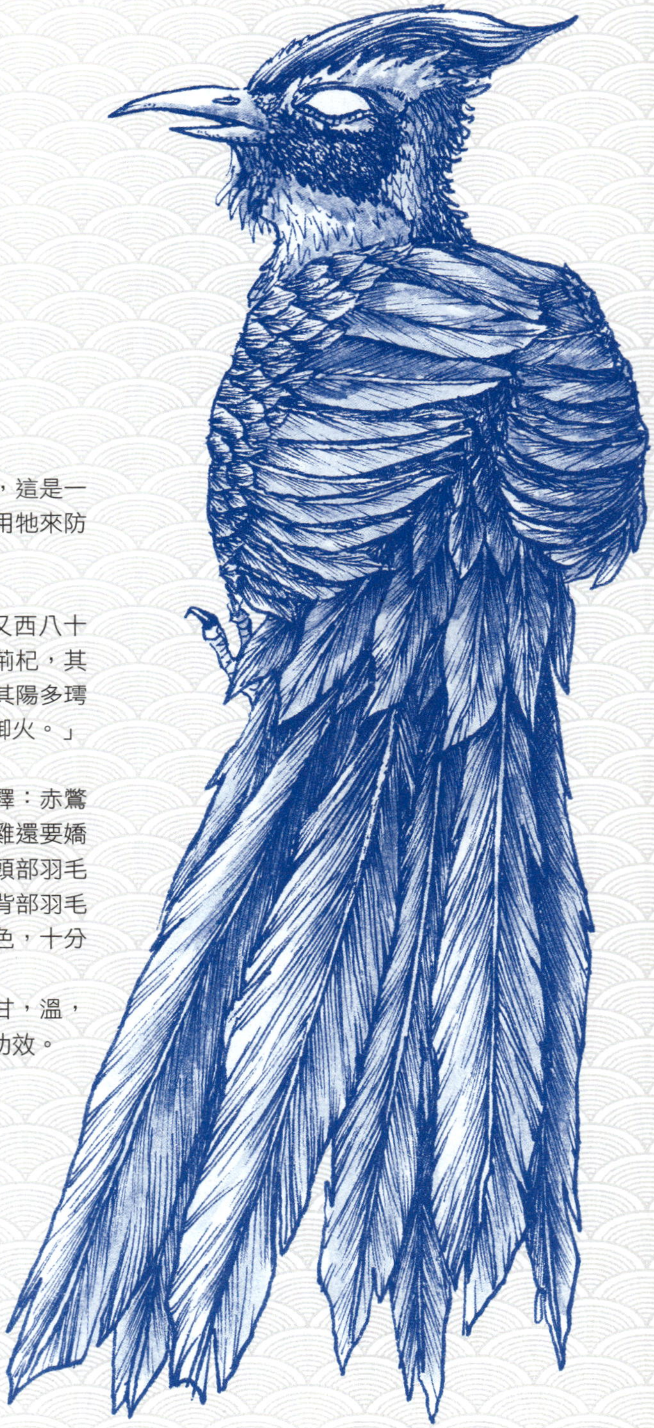

簡介

小華山中的鳥類多是赤鷩，這是一種紅色的錦雞，人們可以用牠來防火。

原典

《山海經．西山經》：「又西八十里，曰小華之山，其木多荊杞，其獸多㸲牛，其陰多磬石，其陽多㻬琈之玉，鳥多赤鷩，可以御火。」

典故

郭璞在《山海經圖贊》解釋：赤鷩的外形像山雞，體型比山雞還要嬌小。牠的羽毛顏色鮮豔，頭部羽毛呈綠色，頭冠是金黃色，背部羽毛是黃色，尾部羽毛呈赤紅色，十分美麗。

《本草綱目》稱其肉質「甘，溫，微毒」，具有養血益氣的功效。

129

數斯

shù sī

ㄕㄨˋ ㄙ

簡介

數斯長得像貓頭鷹，卻長有著人的腳。傳說吃了牠的肉就能治癒甲狀腺、癲癇等疾病。

原典

《山海經．西山經》：「有鳥焉，其狀如鴟而人足，名曰數斯，食之已癭。」

典故

癭在中醫裡是腫塊的意思。古時某些地方的人，由於生理知識缺乏，可能對「碘」的攝取量不足，因此而患上一些疾病，比如脖子上出現甲狀腺腫塊。

130

櫟 ㄌㄧˋ

簡介

天帝山裡有一種鳥，外形像鵪鶉，身上有黑色的花紋和紅色的頸毛，名字叫作櫟，人吃了牠的肉可以治療痔瘡。

原典

《山海經．西山經》：「有鳥焉，其狀如鶉，黑文而赤翁，名曰櫟，食之已痔。」

131

文鰩魚

ㄨㄣˊ ㄧㄠˊ ㄩˊ

wén yáo yú

簡介

文鰩魚外形像鯉魚，魚身、鳥翅，渾身布滿蒼色的花紋，頭白，嘴紅。牠的叫聲音像鸞雞，肉味酸甜，食用可以治癲狂病。

原典

《山海經．西山經》：「是多文鰩魚，狀如鯉魚，魚身而鳥翼，蒼文而白首赤喙，常行西海，游於東海以夜飛。其音如鸞雞，其味酸甘，食之已狂，見則天下大穰。」

典故

傳說，有人在南海見過文鰩魚，大的長有一尺多，身上長著與尾巴相齊的翅膀。牠們群飛過海面時，海邊的人以為起了大風。

132

讙

huān ㄏㄨㄢ

簡介

讙外形像貓，長著一隻眼、三條尾巴，聲音像是百種動物在鳴叫。飼養牠可以辟凶邪之氣，且人吃了牠的肉就能治好黃疸病。

原典

《山海經．西山經》：「有獸焉，其狀如狸，一目而三尾，名曰讙，其音如奪百聲，是可以御凶，服之已癉。」

133

當扈

dāng hù

ㄉㄤ ㄏㄨˋ

簡介

當扈的樣子像普通的野雞，但是脖子上長著髯毛。牠用自己脖子上的髯毛就能飛，人吃了牠的肉眼睛就不會昏花。

原典

《山海經・西山經》：「其鳥多當扈，其狀如雉，以其髯飛，食之不眴目。」

134

冉遺魚

rǎn yí yú

ㄖㄢˇ ㄧˊ ㄩˊ

簡介

冉遺魚生活在涴水中，這種魚的身子與一般的魚無異，卻長著蛇一樣的腦袋，有六隻腳，眼睛的形狀如馬的耳朵一般。人吃了這種魚的肉就不會夢魘，還可以用牠來防禦凶險。

原典

《山海經．西山經》：「是多冉遺之魚，魚身蛇首六足，其目如馬耳，食之使人不眯，可以御凶。」

135

滑魚

huá yú

ㄏㄨㄚˊ ㄩˊ

簡介

滑魚的形狀就像鱔魚，脊背是紅色的，鳴叫的聲音像人彈奏琴瑟。傳說吃了牠能治皮膚上的疣贅病。

原典

《山海經．北山經》：「其中多滑魚，其狀如鱓，赤背，其音如梧，食之已疣。」

136

鵸鵌

qí tú

ㄑㄧˊ ㄊㄨˊ

簡介

鵸鵌三頭六尾，善擬人笑。據聞吃了牠的肉能安神入睡，好夢將來，還能辟凶辟邪。

原典

《山海經．西山經》：「有鳥焉，其狀如烏，三首六尾而善笑，名曰鵸鵌，服之使人不厭，又可以御凶。」

典故

元詩人侯善淵在〈沁園春．養浩頤神〉中寫道：「黃宮捧出神丹。遇此物疵盲法體安。使蛇吞一粒，成龍變翼，鵸鵌達者，立化祥鸞。點鐵成金，回骸起死，檮杌逢之返降檀。君知否，上登仙入聖，不足為難。」是說黃宮中有神丹，蛇吃一顆可以變成有翅膀的龍，鵸鵌拿到也可以化作祥瑞的鸞鳥，還可以點鐵成金，起死回生，頗為神奇。

137

儵魚

tiáo yú

ㄊㄧㄠˊ ㄩˊ

簡介

儵魚看起來像紅羽的雞，長著三條尾巴、六隻腳和四個頭，發出的聲音像喜鵲的叫聲，吃了牠的肉可以忘憂。

原典

《山海經．北山經》：「彭水出焉，而西流注於芘湖之水，其中多儵魚，其狀如雞而赤毛，三尾、六足、四首， 其音如鵲，食之可以已憂。」

典故

現在儵魚多指白鰷魚，是一種常見的可食用魚類。當年莊子和惠子在濠梁之上遊玩時，看到儵魚出游從容，引發了「是魚之樂」和「子非魚，安知魚之樂」之辯。相信莊、惠二人當時所見的魚應該是白鰷魚，遇到的若是《山海經》中這四頭六腳三尾的怪物，怕是會大驚失色，再也沒有心思去爭論到底是誰之樂了。

138

何羅魚

hé luó yú

ㄏㄜˊ ㄌㄨㄛˊ ㄩˊ

簡介

何羅魚有一個腦袋和十個身子，叫聲如吠犬叫，吃了牠可以治癒癰腫。

原典

《山海經．北山經》：「其中多何羅之魚，一首而十身，其音如吠犬，食之已癰。」

典故

清朝末年，武強年畫有一幅〈三魚爭月〉，畫中波浪之上，有三尾鯉魚共用一個魚頭，在水面上躍起。在這裡，「月」即「躍」的諧音，大魚爭相躍龍門，這是科舉時代渴望登第的心境。在大魚兩側還各有一組小魚，也是一頭三身，學著大魚的樣子在跳躍。這種形象，可以視為是何羅魚的一脈旁支。

139

鰼鰼魚

xí xí yú

ㄒㄧˊ ㄒㄧˊ ㄩˊ

簡介

鰼鰼魚形狀像喜鵲，有十隻翅膀，魚鱗均在翅膀前端。這種魚的聲音與喜鵲相似，人們可以用牠來防火，食用牠可以治黃疸病。

原典

《山海經．北山經》：「其中多鰼鰼之魚，其狀如鵲而十翼，鱗皆在羽端，其音如鵲，可以御火，食之不癉。」

典故

譙明山往北三百五十里就到了涿光山，囂水在此發源，鰼鰼魚便遨遊於這波光之中。這種魚的頭尾還都是魚的樣子，身體卻像鵲鳥，而且還長了五對翅膀，翅膀的一端長有鱗片，聲音和喜鵲的叫聲差不多。

簡介

耳鼠樣子和老鼠相似，卻長著兔頭、鹿身，叫聲像狗，靠尾巴飛行。吃了牠的肉可以抵禦百毒。

原典

《山海經．北山經》：「有獸焉，其狀如鼠，而兔首麋身，其音如獋犬，以其尾飛，名曰耳鼠，食之不脿，又可以御百毒。」

典故

耳鼠兔首狐尾，長相甚是神奇，可以說是老鼠界的「四不像」。耳鼠飛翔時，能用翅膀劃動空氣，用尾巴來控制飛行的高度和方向，從外形來說，耳鼠與鼯鼠有點類似。《荀子．勸學篇》：「鼯鼠五技而窮，能飛不能上屋，能緣不能窮木，能游不能渡穀，能穴不能掩身，能走不能先人。」由此可見，能飛的老鼠自古就是人們眼中非常神奇的物種。

140

耳鼠

ěr shǔ ㄦˇ ㄕㄨˇ

141

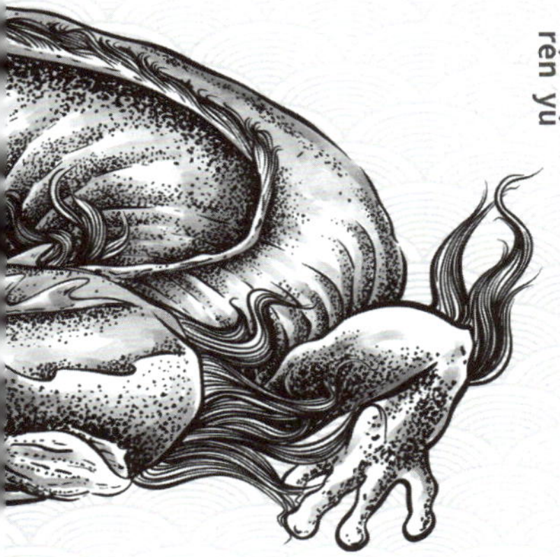

人魚

rén yú

ㄖㄣˊ ㄩˊ

簡介

長著四隻腳的怪魚，外形像一般的魚，發出的聲音像嬰兒哭啼。吃了牠的肉人就不會患上瘋癲病。

原典

《山海經．北山經》：「其中多人魚，其狀如魚，四足，其音如嬰兒，食之無癡疾。」

142

䳄

jiāo

ㄐㄧㄠ

簡介

䳄喜歡成群居住，結伴飛行，羽毛很像雌野雞的羽毛。牠的叫聲像是自己的名字。傳說吃了牠的肉可以調理中風等症。

原典

《山海經．北山經》：「有鳥焉，群居而朋飛，其毛如雌雉，名曰䳄，其鳴自呼，食之已風。」

143

白鵺

bái yè

ㄅㄞˊ ㄧㄝˋ

簡介

白鵺是傳說中的古獸。牠的樣子像雉，頭上有斑紋，翅膀白色、腳黃色。據說吃了牠的肉可以治咽喉痛，還可以治癲狂病。

原典

《山海經．北山經》：「有鳥焉，其狀如雉，而文首、白翼、黃足，名曰白鵺，食之已嗌痛，可以已痸。」

典故

白鵺曾是古代神獸，牠或許其貌不揚，但能判斷人的善惡，被牠認為是「善」的人會得到白鵺保護。如若不幸被判斷為「惡」，白鵺會用一種極其殘忍的方式將其殺掉。

144

鱳魚

zǎo yú

ㄗㄠˇ ㄩˊ

簡介

鱳魚形體像一般的鯉魚，腹下長著雞爪，人吃了牠的肉就能治好贅瘤病。

原典

《山海經．北山經》：「又北二百里，曰獄法之山，瀤澤之水出焉，而東北流注於泰澤。其中多鱳魚，其狀如鯉而雞足，食之已疣。」

典故

鱳魚是中國少數民族水族最崇尚之物，有水族祖先的影子。從水族的祭祖、弔喪及婚嫁等習俗，都可見水族和鱳魚有著密切關係。鱳魚是水族的圖騰崇拜物，在婚俗中常作為信物、聖物出現。在貴州荔波縣、九阡鎮等地請媒人提親時，男方母親會悄悄把包好的幾條小魚干置於盛著禮品的竹籃底部，而女方之母收到禮品時，也會首先查看籃底是否有小魚干，若應允婚事，則收下禮品和魚干。女孩出閣前的祭祖席上，魚更不可少，新娘還要吃下一筷魚，以獲祖宗保佑。迎親時，女方要看到男方帶來的罩魚籠和象徵大魚的金剛藤葉子等信物，才能發迎會親。

145

jì yú

鮆魚 ㄐㄧˋ ㄩˊ

簡介

鮆魚形狀像儵魚，鱗片是紅色的，發出的聲音如人的呵斥聲。吃了這種魚的肉，可以消除狐臭。

原典

《山海經．北山經》：「其中多鮆魚，其狀如儵而赤麟，其音如叱，食之不騷。」

典故

鮆魚又叫鱭魚或刀魚，魚形如裂篾之刀，鱗色銀白。故蘇東坡用「恣看修網出銀刀」的詩句來讚美牠，還曾經寫下「還有江南風物否，桃花流水鮆魚肥」的詩句。自古以來，刀魚、鰣魚、河豚並稱「長江三鮮」，刀魚應市最早，故列三鮮之首。刀魚盛產於長江中下游，以揚州出產的品質最佳，明末美食家李漁譽之為「春饌妙品」。李漁也說：「食鰣報鱘鰉有厭時，鱭則愈甘，至果腹而不釋手」。揚州諺語云：「寧去累死宅，不棄鮆魚額」就是說寧願丟掉祖宅，也不願放棄魚頭。這些說法雖有些誇張，卻足以證明這種魚的美味非同尋常。

146

鵸鶌

pán mào

ㄆㄢˊ ㄇㄠˋ

簡介

北囂山中有一種禽鳥，外形像一般的烏鴉，卻長著人的面孔，名字叫鵸鶌。牠夜裡飛行而白天隱伏，據說吃了牠的肉就能使人不中暑。

原典

《山海經．北山經》：「有鳥焉，其狀如烏，人面，名曰鵸鶌，宵飛而晝伏，食之已暍。」

典故

傳說，鵸鶌的叫聲很瘆人，就像是從墓穴深處的屍骨中傳出來一般，陰森森、冷颼颼的。牠能夠喚醒幽冥中的魂靈和方圓十里之內的孤魂野鬼。

147

嚻

xiāo

ㄒㄧㄠ

簡介

嚻是古代傳說中的一種鳥。外表看起來像夸父，有四隻翅膀，一隻眼睛，狗一樣的尾巴，叫聲像鵲，吃了牠的肉可以治療肚子疼和腹瀉。

原典

《山海經．北山經》：「有鳥焉，其狀如夸父，四翼、一目、犬尾，名曰嚻，其音如鵲，食之已腹痛，可以止衕。」

148

領胡

lǐng hú

ㄌㄧㄥˇ ㄏㄨˊ

簡介

領胡的外形像普通的牛，卻長著紅色的尾巴，脖子上有斗形的肉瘤。牠的叫聲就像在叫自己的名字，人吃了牠的肉就能治癒癲狂症。

原典

《山海經・北山經》：「有獸焉，其狀如牛而赤尾，其頸腎，其狀如句瞿，其名曰領胡，其鳴自詨，食之已狂。」

典故

領胡晶瑩透亮的毛髮在陽光的照射下絢麗多彩，頸部複雜的褶皺展現出肌肉發育良好的特徵，也使得頸部類似圖騰的花紋尤為明顯。最醒目的是領胡身上的肉瘤，那是牠們儲存脂肪的地方，在寒冷的冬天正是牠們最為重要的能量補給站。

149

鮯父魚

xiàn fù yú

ㄒㄧㄢˋ ㄈㄨˋ ㄩˊ

簡介

鮯父魚生長在水中，外形像一般的鮒魚，卻長著魚頭和豬身，人吃了牠的肉可以治癒嘔吐。

原典

《山海經·北山經》：「留水出焉，而南流注於河。其中有鮯父之魚，其狀如鮒魚，魚首而彘身，食之已嘔。」

典故

民間有一個治孕吐的偏方，說什麼調料都不加的清蒸鯽魚可以止吐，而鮯父魚恰好就形似鯽魚，只是鯽魚沒有長著豬身子。

150

qū jū

鴝鵒

ㄑㄩ ㄐㄩ

簡介

鴝鵒的樣子和烏鴉很相似，白頭，青身，黃足。

原典

《山海經．北山經》：「有鳥焉，其狀如烏，首白而身青、足黃，是名曰鴝鵒，其鳴自詨，食之不飢，可以已寓。」

151

鴣鸐

gū xí　ㄍㄨ ㄒㄧˊ

簡介

鴣鸐的身形像烏鴉，長著白色的斑紋。
傳說吃了牠的肉能使人眼睛明亮，不會昏花。

原典

《山海經・北山經》：「有鳥焉，其狀如烏而白文，名曰鴣鸐，食之不瀱。」

典故

鴣鸐即鷓鴣，是一種常見候鳥。鷓鴣既是一種非常美麗的觀賞鳥，又是一種經濟價值很高的美食珍禽，棲於低地至海拔一千六百公尺的乾燥林地、草地及次生灌叢，喜群居生活。

簡介

黃鳥的外形和貓頭鷹很相似，長著白色的腦袋。牠發出的聲音就像是在呼喊自己的名字，傳說吃了牠的肉就不會產生妒忌心。

原典

《山海經．北山經》：「有鳥焉，其狀如梟而白首，其名曰黃鳥，其鳴自詨，食之不妒。」

典故

《搜神記》裡有一個黃鳥報恩的故事。漢朝有個少年叫楊寶，他外出偶然救下一隻受傷的黃鳥。經過楊寶細心照料，鳥傷癒離開了。

某天半夜，楊寶突然看見一個穿著黃衣的少年從外面緩緩走來，向他行了跪拜禮，且語氣恭敬地說自己就是他救的那隻黃鳥，是西王母娘娘的使者。

原來，那天黃鳥奉西王母娘娘的命令去蓬萊山，卻在半路不慎被鴟鴞襲擊了。隨後，黃衣少年就拿出四個白色玉環送給了楊寶，並且祝福楊寶的子孫像玉環一樣潔白，位居三公。祝福的話音剛落，黃衣少年便消失不見了，而楊寶的後代果真都成了大官。

152

黃鳥

huáng niǎo

ㄏㄨㄤˊ ㄋㄧㄠˇ

153

箴魚

zhēn yú

ㄓㄣ ㄩˊ

簡介

箴魚的樣子像鯈魚，喙尖有一細黑骨如針。
據說人吃了箴魚的肉就不會染上瘟疫。

原典

《山海經．東山經》：「其中多箴魚，其狀如鯈，其喙如箴，食之無疫疾。」

典故

據說東海有一種名叫箴魚的魚，因為牠們的嘴上長著一根又細又黑的針，所以才叫這個名字。相傳箴魚嘴上的針就是姜子牙當年釣魚時留下的魚鉤，所以箴魚又被稱為「姜公魚」或者「銅魚」。
《本草綱目》中也有關於箴魚的記載，箴魚生於江湖之中，大小和形狀都與鱠殘魚相當，不同的是，牠的嘴尖上有一根像針一樣的細細黑骨，因此而得名。

154

珠蟞魚

zhū biē yú

ㄓㄨ ㄅㄧㄝ ㄩˊ

簡介

珠蟞魚能吐珍珠，外形像動物的肺，長著四隻眼睛、六條腿。牠的味道酸甜可口，人吃了就不會感染瘟疫。

原典

《山海經．東山經》：「澧水出焉，東流注於余澤，其中多珠蟞魚，其狀如肺而有目，六足有珠，其味酸甘，食之無癘。」

典故

清李調元《南越筆記》云：「珠蟞產高州海中，其背隆起者有珠，珠或從口吐出。六足珠蟞，味甚美。」從這裡描述的地理位置和形態考證，有人猜測珠蟞魚就是太平洋扁鯊，因為太平洋扁鯊兩個眼睛後有兩個氣孔，看似另外的兩隻眼睛，同時身體扁平，前面有一對較大的「翼」，看似一對肺；從食用功效上也有相似的功效。

155

鱃魚

xiū yú

ㄒㄧㄡ ㄩˊ

簡介

鱃魚的形狀像鯉魚，頭很大，吃了牠的肉能使人皮膚不生瘊子。

原典

《山海經・東山經》：「其中多鱃魚，其狀如鯉而大首，食者不疣。」

典故

有一種說法，鱃魚是鱅魚的別稱，又稱大頭魚、胖頭魚、花鰱，這種魚比較常見，是四大家魚之一。鱅魚最大的特點就是魚頭碩大，且魚頭味道鮮美，李時珍在《本草綱目》記載：「鱅之美在頭。」

156

cí yú

茈魚

ㄘˊ ㄩˊ

簡介

茈魚形狀像一般的鯽魚，長著一個腦袋，十個身子。其氣味與蘼蕪草相似，人吃了牠就不放屁。

原典

《山海經・東山經》：「泚水出焉，而東北流注於海，其中多美貝，多茈魚，其狀如鮒，一首而十身，其臭如蘪蕪，食之不糟。」

157

難 nuó ㄋㄨㄛˊ

簡介

甘棗山中有一種野獸，形狀與鼣鼠相似，額頭上有花紋，這種獸名叫難，吃了牠的肉能治療頸部的大瘤子。

原典

《山海經．中山經》：「有獸焉，其狀如鼣鼠而文題，其名曰難，食之已癭。」

典故

根據宋代陳彭年等編纂的詞典《重修廣韻》所說，難這種野獸的肉除了可以治療頸部的瘤，還有明目的功效。

158

豪魚

háo yú

ㄏㄠˊ ㄩˊ

簡介

渠豬水中有很多豪魚，這種魚形狀像一般的鱘魚，但是長著紅色的嘴，尾巴上有紅色的羽毛，食用這種魚可以治療白癬。

原典

《山海經．中山經》：「其中是多豪魚，狀如鮪，赤喙尾赤羽，可以已白癬。」

159

三足鱉

sān zú biē

ㄙㄢ ㄗㄨˊ ㄅㄧㄝ

簡介

三足鱉尾巴分叉，吃了牠的肉，人就不會患上疑心病。

原典

《山海經．中山經》：「從水出於其上，潛於其下，其中多三足鱉，枝尾，食之無蠱疫。」

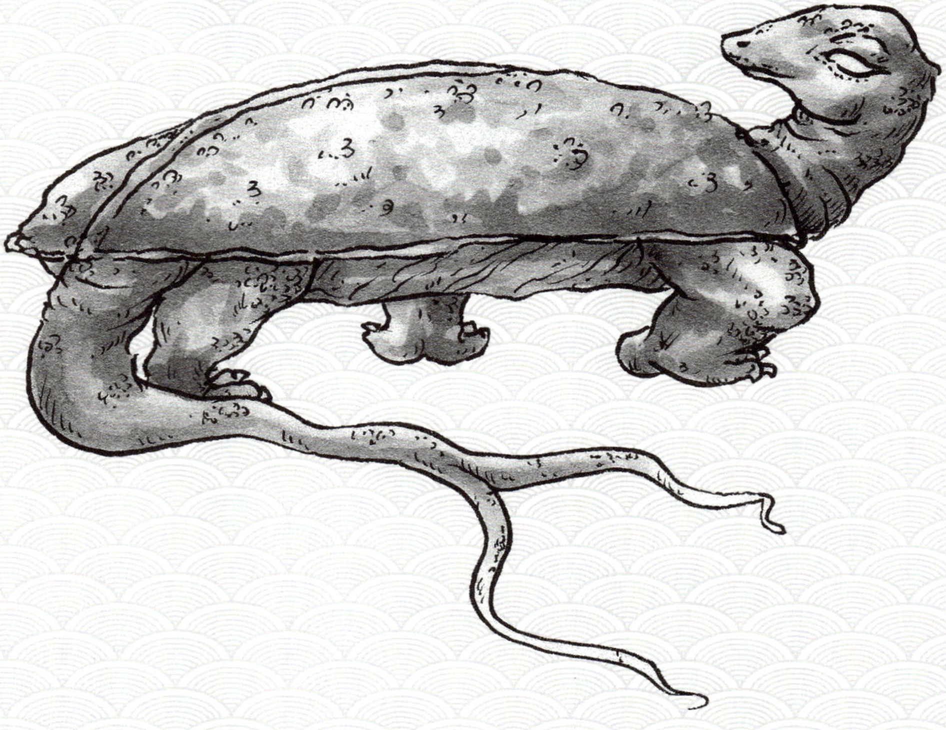

160

鯑魚

dì yú

ㄉㄧˋ ㄩˊ

簡介

鯑魚的外形與獮猴相似，長著像公雞一樣的爪子，白色的腳趾相對而生。吃了牠的肉就不會有疑心病，還能抵禦兵器的傷害。

原典

《山海經・中山經》：「休水出焉，而北流注於洛，其中多鯑魚，狀如盩蜼而長距，足白而對，食者無蠱疾，可以御兵。」

簡介

飛魚的形狀與鯽魚相似，食用這種魚可以治療痔瘡一類的病。

原典

《山海經．中山經》：「是多飛魚，其狀如鮒魚，食之已痔衕。」

典故

清胡世安《異魚圖贊箋》中說飛魚身圓，長有一丈多，可登雲也可游波，形態如鮒，翼如胡蟬。

161

飛魚

fēi yú

ㄈㄟ ㄩˊ

162

蠪蚳

lóng zhì

ㄌㄨㄥˊ ㄓˋ

簡介

昆吾山裡有一種獸，外形與豬相似，頭上長著角，發出的聲音像是人的號哭聲，這種獸名叫蠪蚳，吃了牠的肉就不會夢魘。

原典

《山海經．中山經》：「有獸焉，其狀如彘而有角，其音如號，名曰蠪蚳，食之不眯。」

典故

這裡的蠪蚳是一種吃了能夠幫人治癒疾病的瑞獸，與《山海經．東山經》中吃人的同名怪獸不同，且這兩種怪獸的長相也不一樣。

163

飛魚

fēi yú ㄈㄟ ㄩˊ

簡介 正回水中有許多飛魚，外形與豬相似，身上長著紅色的斑紋。食用牠的肉就不怕驚雷，還能防止兵器的傷害。

原典 《山海經．中山經》：「其中多飛魚，其狀如豚而赤文，服之不畏雷，可以御兵。」

典故 正回水中的飛魚與勞水中的飛魚不僅外貌不同，功效也有所不同。

164

鴢 yǎo 一ㄠˇ

簡介

青要山中有一種鳥，名字叫鴢，外形與野鴨相似，身子是青色的，眼睛是紅色的，尾巴也是紅色的，吃了牠的肉有利於生育。

原典

《山海經·中山經》：「其中有鳥焉，名曰鴢，其狀如鳧，青身而朱目赤尾，食之宜子。」

典故

相傳，鴢的腳太靠近尾巴，以至於不能走路，所以常混在野鴨群中游泳。南宋時，鄱陽出現一種妖鳥，鴨身雞尾，停在百姓的屋頂上，當地人不認識，其實可能就是鴢。

165

䲷鳥

dí niǎo

ㄉㄧˊ ㄋㄧㄠˇ

簡介

首山的北面有一條名為機谷的山谷，谷中有許多䲷鳥。這種鳥形狀與貓頭鷹相似，有三隻眼睛，且有耳朵，聲音像是鹿的鳴叫之聲，食用牠的肉可以治療濕病。

原典

《山海經．中山經》：「其陰有谷，曰機谷，多䲷鳥，其狀如梟而三目，有耳，其音如錄，食之已墊。」

166

鴒鸚

líng yāo

ㄌㄧㄥˊ ㄧㄠ

簡介

鴒鸚形狀與山雞相似，尾巴長長的，渾身紅如丹火，嘴呈青色。牠叫起來像是在喊自己的名字，人吃了牠的肉就不會夢魘。

原典

《山海經．中山經》：「其中有鳥焉，狀如山雞而長尾，赤如丹火而青喙，名曰鴒鸚，其鳴自呼，服之不眯。」

167

修辟魚

xiū pì yú

ㄒㄧㄡ ㄆㄧˋ ㄩˊ

簡介

脩辟魚長得像蛙，有白色的嘴，發出的叫聲像是貓頭鷹的鳴叫之聲，吃了牠的肉可以治療白癬。

原典

《山海經．中山經》：「其中多脩辟之魚，狀如黽而白喙，其音如鴟，食之已白癬。」

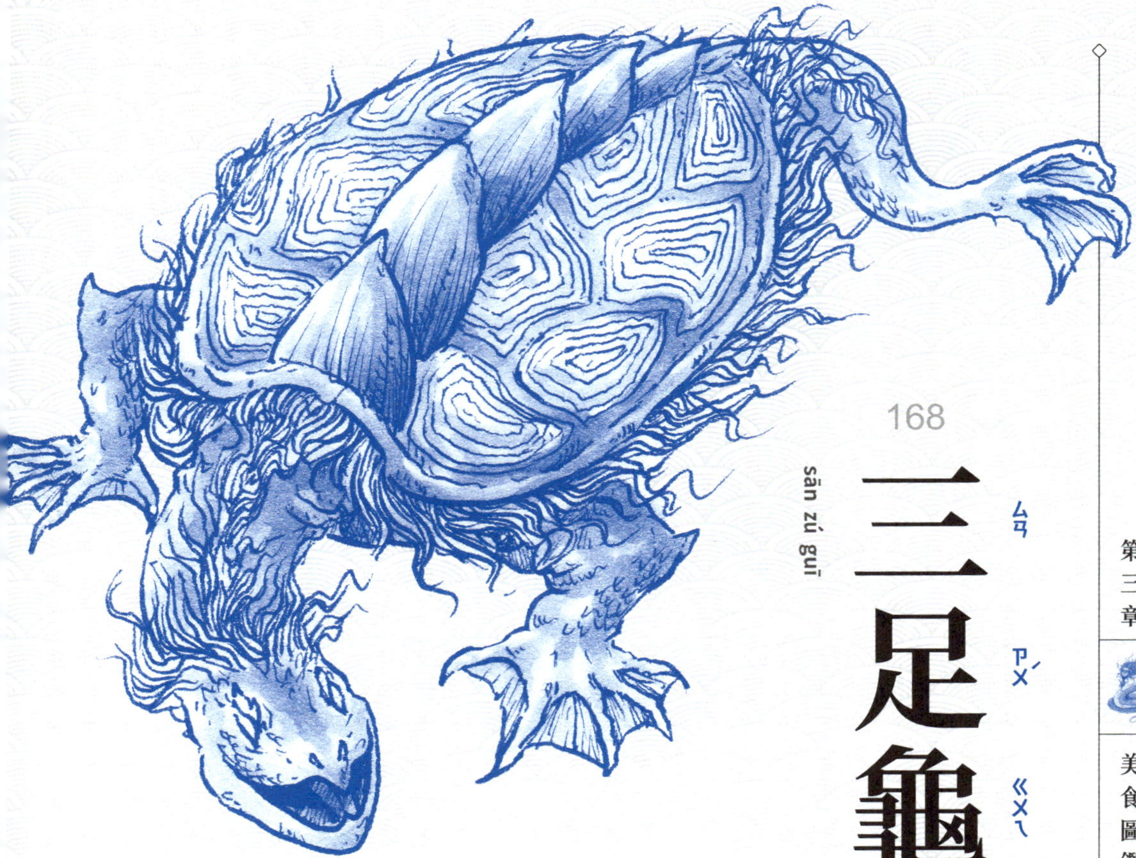

168

三足龜

sān zú guī

ㄙㄢ ㄗㄨˊ ㄍㄨㄟ

簡介

三足龜的肉有預防大病和消腫的功效。

原典

《山海經・中山經》：「其中多三足龜，食者無大疾，可以已腫。」

典故

相傳庚午年夏，太倉州一個百姓買到一隻三足龜。他讓妻子將烏龜烹熟，然後他一人吃下。妻子在門外，很長時間沒有聽見丈夫的聲音，進屋一看，人早已無蹤影，房間內只剩衣服和頭髮。

鄰居懷疑婦人謀害了丈夫，於是報官，婦人便被以謀夫罪關押在牢。後來，州官又從漁夫處買到一隻三足龜，讓婦人按照之前的方法烹熟，讓重囚吃掉。結果那名囚犯吃下龜肉後也不見了，只留下衣髮，婦人因此而被釋放。漁夫們對州官說，剛開始捕魚時，連捕到兩次人形肉塊模樣的東西，後買牲酒祭水神，才捉到了三足龜。

169

鯩魚

lún yú

ㄌㄨㄣˊ ㄩˊ

簡介

鯩魚身上有黑色的斑紋，外形與鯽魚相似，人吃了牠的肉就可以不睡覺。

原典

《山海經．中山經》：「來需之水出於其陽，而西流注於伊水，其中多鯩魚，黑文，其狀如鮒，食者不睡。」

170

鱅魚

téng yú

ㄊㄥˊ ㄩˊ

簡介

鱅魚的形狀像鱖魚，棲息在水底相互連通的孔穴中，身上有青色的斑紋，長著紅色的尾巴。人吃了牠的肉就不會長毒瘡，還能治療瘻瘡。

原典

《山海經・中山經》：「合水出於其陰，而北流注於洛，多鱅魚，狀如鱖，居逵，蒼文赤尾，食者不癰，可以為瘻。」

171

lín **獜** ㄌㄧㄣˊ

簡介

獜的外形與狗相似，但長著跟老虎一樣的爪子，身上還覆蓋著鱗甲。牠擅長跳躍與撲騰，人吃了這種獸的肉就不會患中風、痛風之類的病。

原典

《山海經．中山經》：「有獸焉，其狀如犬，虎爪有甲，其名曰獜，善駚犖，食者不風。」

172

巴蛇

bā shé

ㄅㄚ ㄕㄜˊ簡介

巴蛇身上有青、黃、紅、黑四種顏色，也有說巴蛇長著黑色的身子和青色的腦袋。巴蛇是一種體型巨大的蛇，能吃掉大象，三年後才吐出象骨。君子吃了巴蛇肉就不會得心臟和腹部的疾病。

原典

《山海經．海內南經》：「巴蛇食象，三歲而出其骨，君子服之，無心腹之疾。其為蛇青、黃、赤、黑。一曰黑蛇青首，在犀牛西。」

典故

傳說有個叫蔣武的人，魁梧健壯，豪邁英勇，善射弓箭，打獵時都是一箭射中獵物的心臟。有一天，一隻猩猩騎著一頭白象來敲蔣武的家門。蔣武問道：「你們敲我的門做什麼？」猩猩說：「大象有難，知道我能說話，所以馱著我來投奔你。」

原來，當地有座山，山以南二百多里有一個很大的山洞，洞中有一條大巴蛇。凡是經過這裡的象全被巴蛇吞吃了，先後已有幾百頭象被吃掉。大象知道蔣武擅射，希望蔣武幫忙除去巴蛇。說著，那頭象跪到地上，淚如雨下。猩猩說：「你如果答應前往，就請帶著弓箭騎到象背上。」

蔣武被牠的話所感動，騎著大象來到山洞。蔣武與巴蛇搏鬥了一番，最後殺死了巴蛇。巴蛇死後，蔣武來到山洞中，見到了堆積如山的象骨、象牙。此時，又來了十頭象，用長鼻子各自捲起一枚紅色象牙獻給蔣武。蔣武收下了，騎著先前那頭象帶著象牙回到家中，從此就發了大財。

第四章

奇異圖鑑

《山海經》中的鳥獸蟲魚甚至是人，都長得怪異無比，動輒便有好幾個腦袋、好幾條腿。雖然形貌不同於常人，但他們似乎沒有什麼神奇的本領，食之也無功效。他們與人類無甚交集，居住在深山遠海，所在之處遙遠難尋。

簡介

白猿生活在堂庭山中。

原典

《山海經・南山經》：「又東三百里，曰堂庭之山，多棪木，多白猿，多水玉，多黃金。」

典故

越王勾踐問范蠡，有沒有善於兵器技擊的高手，范蠡向他推薦了越國山林之中一個未出嫁的小女孩，說此女極擅劍術，越王便招女孩進宮。越女在北上的路上，遇到一個自稱為袁公的老翁。老翁說，聽聞女孩擅長劍術，希望見識一下。越女感覺老翁是個高手，便直接提出和老翁比劍，老翁跳上路邊竹林，隨手折斷一根竹子來刺越女，越女則順手撿起掉在地上的竹枝對戰，守了三招之後還反刺了一招，袁公立刻飛上樹叢，化作一隻白猿跳躍而去。後來，人們就以「白猿公」指代擅劍術的人。

173

白猿

bái yuán

ㄅㄞˊ ㄩㄢˊ

174

蝮蟲

fù chóng

ㄈㄨˋ ㄔㄨㄥˊ

簡介

蝮蟲又被稱為蝮蛇、反鼻蟲，在中國神話傳説中是一種毒蛇。

原典

《山海經・南山經》：「又東三百八十里，曰猨翼之山，其中多怪獸，水多怪魚，多白玉，多蝮蟲，多怪蛇，多怪木，不可以上。」

典故

郭璞説，蝮蟲的顏色像綬文，鼻上有針，大的蝮蟲重達一百多斤。屈原在《離騷・大招》的招魂詞中，就呼喚靈魂不要去南方，因為南方有千里炎火蔓延，還充斥著蝮蛇和其他一些可怕的動物。

175

茈蠃

bì luǒ ㄅㄧˋ ㄌㄨㄛˇ

簡介

一般認為茈蠃就是紫色的螺。

原典

《山海經．南山經》：「洵水出焉，而南流注於閼之澤，其中多茈蠃。」

176

瞿如

qú rú

ㄑㄩˊ ㄖㄨˊ

簡介

瞿如長著白色的腦袋、三隻腳和人一樣的臉，鳴叫起來就像在呼喚自己的名字。

原典

《山海經．南山經》：「有鳥焉，其狀如鵁而白首、三足、人面，其名曰瞿如，其鳴自號也。」

177

犀 ㄒㄧ

簡介

禱過山上多金屬和玉石，山下有很多犀、兕和象。

原典

《山海經．南山經》：「東五百里，曰禱過之山，其上多金玉，其下多犀、兕和象。」

典故

郭璞在《山海經注》中記載，犀的外形很像水牛，頭上長有三隻角，腦袋跟豬一樣，腿很短小，但是形狀很像是大象的腿，而且只有三只蹄子。牠的腹部大而渾圓，渾身呈黑色。
晉顧微《廣州記》中記載，平定縣的巨海中有水犀，長得像牛，出入時伴有光，水也會自動分開。

178

xiàng

象

ㄒㄧㄤˋ

簡介

禱過山上多金屬和玉石，山下有很多犀牛、兕和象。

原典

《山海經·南山經》：「東五百里，曰禱過之山，其上多金玉，其下多犀、兕，多象。」

典故

郭璞對於禱過山腳下的象是這樣解釋的：象是體型最大的動物，長著長長的鼻子，體型較大的象牙長度可達一丈。

179

牸牛

zuó niú ㄗㄨㄛˊ ㄋㄧㄡˊ

簡介

牸牛是生活在小華山的一種野獸，是一種體型碩大的牛。

原典

《山海經．西山經》：「又西八十里，曰小華之山，其木多荊杞，其獸多牸牛。」

典故

李時珍在《本草綱目》裡說，犛牛在《山海經》中被稱為牸牛。西夏人稱之為竹牛，因為牠頭上長的角其紋理就像竹子一樣。

180

蔥聾

cōng lóng

ㄘㄨㄥ ㄌㄨㄥˊ

簡介

蔥聾的形狀像羊，卻長有紅色的鬍子。

原典

《山海經．西山經》：「其獸多蔥聾，其狀如羊而赤鬣。」

典故

蔥聾為藏羚羊。

郝懿行說：「此即野羊之一種，今夏羊亦有赤鬣者。」

李時珍說：「生江南者為吳羊，毛短；生秦晉者為夏羊，毛長，剪毛為氈，又謂之綿羊。」

181

𩶘魚

bàng yú

ㄅㄤˋ ㄩˊ

簡介

𩶘魚是一種奇魚，模樣像龜，卻長著魚尾、二足，聲音像羊叫。

原典

《山海經．西山經》：「禺水出焉，北流注於招水，其中多𩶘魚，其狀如鱉，其音如羊。」

182

蠻蠻

mán mán ㄇㄢˊ ㄇㄢˊ

簡介

蠻蠻是一種野獸，形狀像普通的老鼠，長著甲魚腦袋，叫聲如狗叫。

原典

《山海經．西山經》：「其中多蠻蠻，其狀鼠身而鱉首，其音如吠犬。」

183

白蛇

bái shé ㄅㄞˊ ㄕㄜˊ

簡介

白色的蛇。

原典

《山海經．西山經》：「浴水出焉，東流注於河，其中多藻玉，多白蛇。」

184

人魚

rén yú

ㄖㄣˊ ㄩˊ

簡介

丹水中有很多水晶，還有很多人魚。

原典

《山海經·西山經》：「丹水出焉，東南流注於洛水，其中多水玉，多人魚。」

典故

清李調元《南越筆記》中有一個關於人魚的故事：每當有大風雨時，就會有一隻披散著頭髮的紅面海怪乘著一條魚往來，這個海怪就是人魚。雄性人魚是海和尚，雌性稱為海女，牠們會在船舶上作怪。

人魚之中有個種族叫盧亭，主要棲息於新安大魚山和南亭竹沒老萬山一帶。盧亭分公母，毛髮短且呈焦黃色，眼睛也是黃色的，臉色發黑，尾巴長一寸多，見到人就會害怕地鑽回水中。盧亭往往隨波飄至，人們見到覺得奇怪，就競相逐之。若抓到女盧亭，與之淫，牠們也不能言語，只會笑而已。久了，牠們就學會穿衣，食五穀。如果帶牠們去大魚山，就會回到水裡。

185

豪彘

háo zhì

ㄏㄠˊ ㄓˋ

簡介

豪彘的外形像豬，長著白色的毛，毛粗如簪子一般，尖端呈現黑色。

原典

《山海經．西山經》：「有獸焉，其狀如豚而白毛，大如笄而黑端，名曰豪彘。」

典故

豪彘就是豪豬，也叫箭豬。牠們在遇到危險時，會豎起背上的尖刺驚嚇對方，還會用力撲向對方，用身上的尖刺來攻擊。

186

猛豹

měng bào　ㄇㄥˇ ㄅㄠˋ

簡介

猛豹生活在蜀中地區（也就是現在的四川省中部地區），外形像熊，毛皮光澤並且覆蓋著花紋，會吃蛇，還會食用銅礦石和鐵礦石。也有人說，猛豹是大熊貓的古代稱謂。

原典

《山海經·西山經》：「獸多猛豹，鳥多屍鳩。」

典故

猛豹亦稱「貘豹」，郭璞稱猛豹長得像小型的熊，毛色淺，有光澤，能食蛇，也能吃銅、吃鐵。

187

屍鳩

shī jiū

ㄕ ㄐㄧㄡ

簡介

屍鳩或作「鳲鳩」，也就是布穀鳥。

原典

《山海經．西山經》：「獸多猛豹，鳥多屍鳩。」

典故

《詩經．曹風》中有一篇關於鳲鳩的詩歌：「鳲鳩在桑，其子七兮。淑人君子，其儀一兮。」傳說，鳲鳩哺育群雛能平均如一。曹植的〈責躬詩〉寫道：「七子均養者，鳲鳩之仁也。」後來，人們用鳲鳩之仁比喻一視同仁。

188

羆 ㄆㄧˊ pí

簡介

嶓塚山上的野獸多為犀牛、兕、熊、羆，鳥類多是白雉和紅色的錦雞。

原典

《山海經．西山經》：「其上多桃枝、鉤端，獸多犀、兕、熊、羆，鳥多白翰、赤鷩。」

典故

《爾雅》裡稱羆長得像熊，有著白色的紋理，長脖子，高腳，會像人一樣站立。羆勇猛憨厚，力量非常大，能拔掉樹木甚至會攻擊人。

古人以「羆」比喻勇士或雄師勁旅，有時也指帝王得賢輔或生男之兆；或者比喻貪財的人。成語「熊羆百萬」是說勇猛的武士成千上萬，形容軍隊人多將廣，英勇善戰。

189

白翰

bái hàn

ㄅㄞˊ ㄏㄢˋ

簡介

白翰即白雉，是一種長著白色羽毛的野雞，又叫白鷴，常棲息於高山竹林間。雄性白雉的上半身、兩翼呈現白色，尾羽長，其中中央的尾羽是純白的。

原典

《山海經．西山經》：「其上多桃枝、鉤端，獸多犀、兕、熊、羆，鳥多白翰、赤鷩。」

190

嚣 xiāo ㄒㄧㄠ

簡介

一種野獸，形貌與人相似，古人認為是獮猴。

原典

《山海經．西山經》：「有獸焉，其狀如禺而長臂，善投，其名曰嚣。」

191

絮魮魚

rú pí yú

ㄖㄨˊ ㄆㄧˊ ㄩˊ

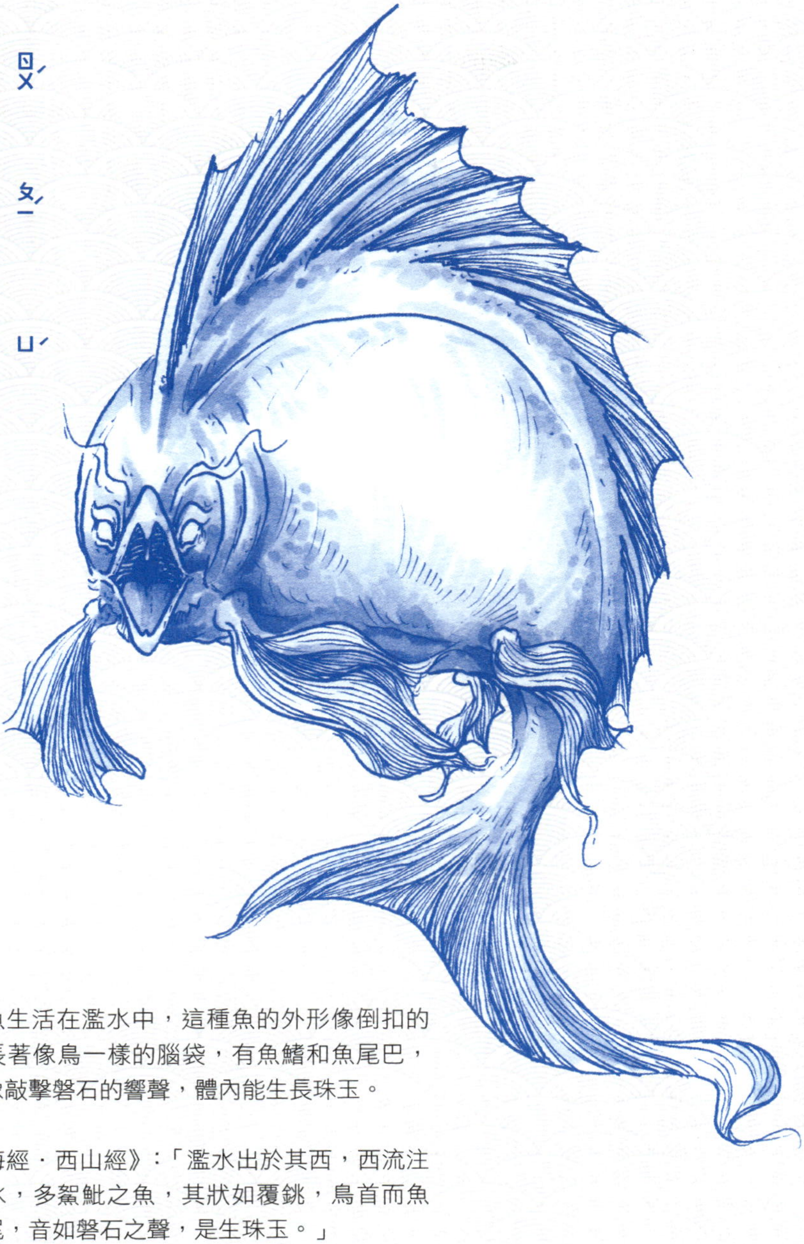

簡介

絮魮魚生活在濫水中，這種魚的外形像倒扣的銚，長著像鳥一樣的腦袋，有魚鰭和魚尾巴，叫聲像敲擊磬石的響聲，體內能生長珠玉。

原典

《山海經·西山經》：「濫水出於其西，西流注於漢水，多絮魮之魚，其狀如覆銚，鳥首而魚翼魚尾，音如磬石之聲，是生珠玉。」

典故

在《山海經圖贊》中，郭璞說這種魚形狀像倒扣著的銚，外表如石苞玉而體內有珠，特別奇特。

192

犛 ㄇㄧㄣˇ mǐn

簡介

黃山中有一種野獸，外形像普通的牛，卻長著青黑色的皮毛和大大的眼睛，名叫犛。

原典

《山海經．西山經》：「有獸焉，其狀如牛，而蒼黑大目，其名曰犛。」

典故

《玉篇》、《集韻》等古籍都有記載，犛是一種棲息在黃山中的獸，外形似牛，外表是蒼黑色的。

193

鸚鵡

yīng wǔ

ㄧㄥ ㄨˇ

簡介

鸚鵡的外形像貓頭鷹，長著青色的羽毛、紅色的嘴，舌頭跟人相似，會説話。

原典

《山海經·西山經》：「有鳥焉，其狀如鴞，青羽赤喙，人舌能言，名曰鸚鵡。」

典故

鸚鵡就是鸚鵡。

唐玄宗開元年間，嶺南進獻了一隻白鸚鵡。這隻鸚鵡養在皇宮裡的時間長了，變得很聰明，能理解人的話語。宮裡的人，甚至連貴妃，全都稱呼鸚鵡為「雪衣娘」。

有一天早晨，雪衣娘飛到貴妃的鏡臺上，開口説道：「雪衣娘昨天夜裡夢見被老鷹捉住，我的性命就要結束了嗎？」皇上得知後，特別讓貴妃教牠誦念《心經》。雪衣娘記憶驚人，記得特別熟練，晝夜不停地念經文，像是害怕遭受災禍般為自己祈禱以避災。不久後，鸚鵡在宮殿的欄杆上飛來飛去，突然有一隻鷹飛來捕殺了鸚鵡。皇上和貴妃深感惋惜，命人把鸚鵡埋在御花園中，還立起一座鸚鵡的墳墓紀念。

194

麢

ling ㄌㄧㄥˊ

簡介

翠山的北面生活著許多旄牛、麢和香獐子。

原典

《山海經．西山經》：「又西二百里，曰翠山，其上多椶柟，其下多竹箭，其陽多黃金、玉，其陰多旄牛、麢、麝。」

典故

麢，古同「羚」。《玉篇》記載：「麢羊也，角入藥。」郭璞注解《爾雅．釋獸》時說：「麢羊，似羊而大，角圓鋭，好在山崖間。」《埤雅．釋獸》對麢的解釋為：「似羊而大，角有圓蹙繞文，夜則懸角木上以防患。」

195

麝 shè ㄕㄜˋ

簡介

麝又叫香獐子。形體像獐，比獐略小，黑色，居住在翠山的北面。

原典

《山海經．西山經》：「又西二百里，曰翠山，其上多棕柟，其下多竹箭，其陽多黃金、玉，其陰多旄牛、麢、麝。」

典故

麝住在山中，常吃柏樹葉也補食蛇類。五月時獲得麝香，往往麝香中含有蛇皮骨。麝香主治辟惡氣，殺鬼精物，除三蟲蠱毒和溫瘧驚痢。長期服用可除邪，不做惡夢，還可治各種凶邪鬼氣。

196

白豪

bái háo

ㄅㄞˊ ㄏㄠˊ

簡介

白豪就是白色的豪豬。

原典

《山海經．西山經》：「又西二百里，曰鹿台之山，其上多白玉，其下多銀，其獸多㸲牛、羬羊、白豪。」

典故

白豪與竹山的豪彘類似，也是豪豬的一種，因為牠的毛是白色的，所以稱白豪。

197

麋 ㄇㄧˊ

簡介

西皇山的南面有很多金，北面有很多鐵，山中野獸多是麋鹿、牪牛。

原典

《山海經．西山經》：「又西三百五十里，曰西皇之山，其陽多金，其陰多鐵，其獸多麋鹿、牪牛。」

典故

麋，又稱麋鹿，牠的犄角像鹿，面部像馬，蹄子像牛，尾巴像驢，但整體看起來似鹿非鹿，似馬非馬，似牛非牛，似驢非驢，故獲得「四不像」的美名。《封神榜》中姜太公的坐騎即為「四不像」，為這種珍稀動物增添了神秘色彩。

198

舉父

jǔ fù ㄐㄩˇ ㄈㄨˋ

簡介

舉父的樣子像獮猴，手臂上有花紋，尾巴和豹的尾巴相似，善於投擲，有撫摸自己頭的習慣，據說虎豹都害怕牠。

原典

《山海經．西山經》：「有獸焉，其狀如禺而文臂，豹尾而善投，名曰舉父。」

典故

郭璞注：「舉父或作夸父。」郝懿行云：「舉與夸聲近，故或作夸父。」《山海經》中屢有應龍「殺蚩尤與夸父」的記述，從中可知夸父為一巨人部族名，追日的夸父可能只是此族的一員。而《列子．湯問篇》將夸父逐日的故事延伸為「棄其杖，屍膏肉所浸，生鄧林，鄧林彌廣數千里焉」，補充且豐富了神話的內容。

199

蠃母

luǒ mǔ

ㄌㄨㄛˇ ㄇㄨˇ

簡介

「蠃」同「螺」，蠃母即螺螄一類的生物。

原典

《山海經．西山經》：「丘時之水出焉，而北流注於泑水，其中多蠃母。」

簡介

鶉鳥是專門負責管理天帝各種服飾的神鳥。

原典

《山海經‧西山經》：「有鳥焉，其名曰鶉鳥，是司帝之百服。」

典故

《禽經》記載，鶉鳥就是赤鳳。《埤雅》說鶉鳥性情淳厚，飛行時一定會依附著草，行走的時候也不越出草地的範圍，遇到橫生的草叢即繞開。

200

鶉鳥

chún niǎo

ㄔㄨㄣˊ ㄋㄧㄠˇ

201

鮹魚

huá yú

ㄏㄨㄚˊ ㄩˊ

簡介

鮹魚狀如蛇，四足，吃魚，在桃水出沒。

原典

《山海經．西山經》：「桃水出焉，西流注於稷澤，是多白玉。其中多鮹魚，其狀如蛇而四足，是食魚。」

典故

《山海經．東山經》裡也提到了鮹魚，這種魚與一般的魚外形相似，卻長著跟鳥一樣的翅膀，出入水中時會閃閃發光，發出的叫聲如同鴛鴦鳴叫，牠出現即預示著那裡要發生大旱災。現今太平洋、印度洋、大西洋以及中國內的臨近海域地區有一種「飛魚」屬銀漢魚目，飛魚科，以「能飛」而著名。

202

Zhēng

猙 ㄓㄥ

簡介

猙，聲音如擊石般鏗鏘，面部中央長有一隻獨角，全身赤紅，身形似豹，有五條尾巴。

原典

《山海經・西山經》：「有獸焉，其狀如赤豹，五尾一角，其音如擊石，其名如猙。」

203

江疑

jiāng yí

ㄐㄧㄤ ㄧˊ

簡介

江疑是符惕山上的神仙，性格怪異。

原典

《山海經．西山經》：「又西二百里，曰符惕之山。其上多棕枏，其下多金玉。神江疑居之。」

典故

天神江疑就居住在符惕山上，此山常常會下怪雨，風和雲就是從這裡興起的。

204

三青鳥

sān qīng niǎo

ㄙㄢ ㄑㄧㄥ ㄋㄧㄠˇ

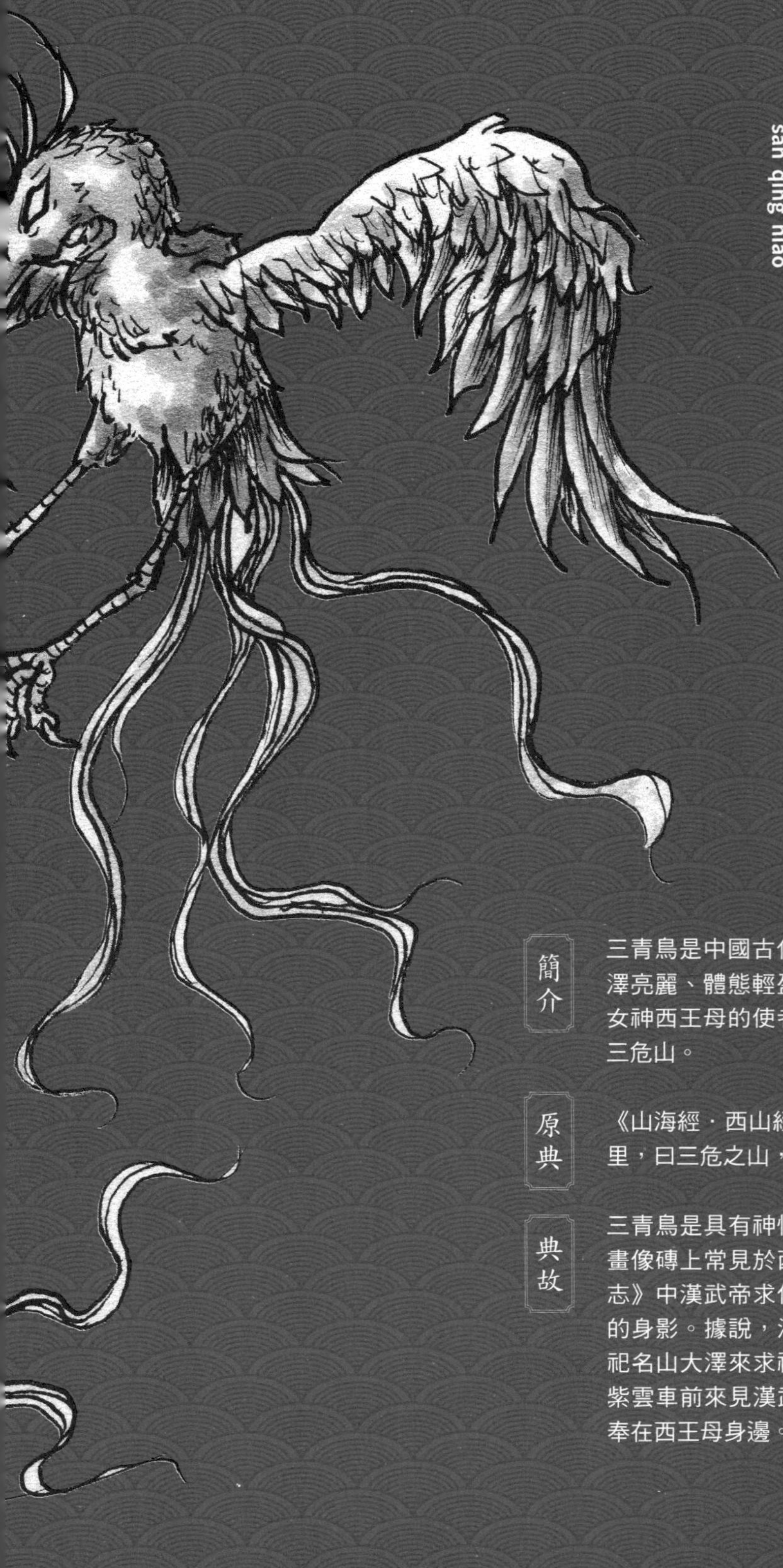

簡介

三青鳥是中國古代神話中的神鳥，色澤亮麗、體態輕盈。傳說，三青鳥是女神西王母的使者，共三隻，棲居於三危山。

原典

《山海經・西山經》：「又西二百二十里，曰三危之山，三青鳥居之。」

典故

三青鳥是具有神性的吉祥之物，漢代畫像磚上常見於西王母座側，《博物志》中漢武帝求仙的故事就有三青鳥的身影。據說，漢武帝愛好仙道，祭祀名山大澤來求神仙之道。西王母乘紫雲車前來見漢武帝時，三青鳥就侍奉在西王母身邊。

205

鴟 chī ㄔ

簡介

三危山中有一種鳥，長著一個腦袋、三個身子，外形與鸈鳥相似，名叫鴟。

原典

《山海經・西山經》：「有鳥焉，一首而三身，其狀如鸈，其名曰鴟。」

典故

唐段成式《酉陽雜俎》上說，鶻鳥每生三個雛鳥其中便有一個是鴟。傳說，鴟鳥不喝泉水和井水，只有遇上下雨沾濕了翅膀，才會飲水。唐肅宗時期，張皇后專權，常常把鴟鳥的腦子和在酒中呈給唐肅宗李亨，喝下了這種酒，人會長時間醉酒並健忘。

206

白鹿

bái lù

ㄅㄞˊ ㄌㄨˋ

簡介

上申山上不長草木，卻有很多大的石頭，山下長著很多榛和楛，山裡的野獸多是白鹿。

原典

《山海經．西山經》：「又北百二十里，曰上申之山，上無草木，而多硌石，下多榛楛，獸多白鹿。」

典故

白鹿自古有著豐神聖的韻味，多是傳說中神仙的坐騎，也有傳說老子曾經將白鹿當作坐騎。《瀨鄉記》云：「老子乘白鹿，下托於李母也。」

《述異記》有記載，鹿活千年變成蒼鹿，蒼鹿再活五百年變成白鹿，白鹿再活五百年變成黑鹿。餘干縣有一頭白鹿，當地人傳說牠已經一千歲了。東晉晉成帝司馬衍派人捉到牠，發現牠的角後有一塊刻字的銅牌。根據這塊銅牌上的訊息，人們才知道這頭鹿是三國寶鼎二年臨江所獻的蒼鹿，現在已經變成了白鹿。

簡介 黃貝即黃色的貝類。

原典 《山海經・西山經》：「蒙水出焉，南流注於洋水，其中多黃貝、蠃魚。」

典故 郭璞稱黃貝是一種像甲蟲一樣的生物，形態像蝌蚪，但有頭有尾。

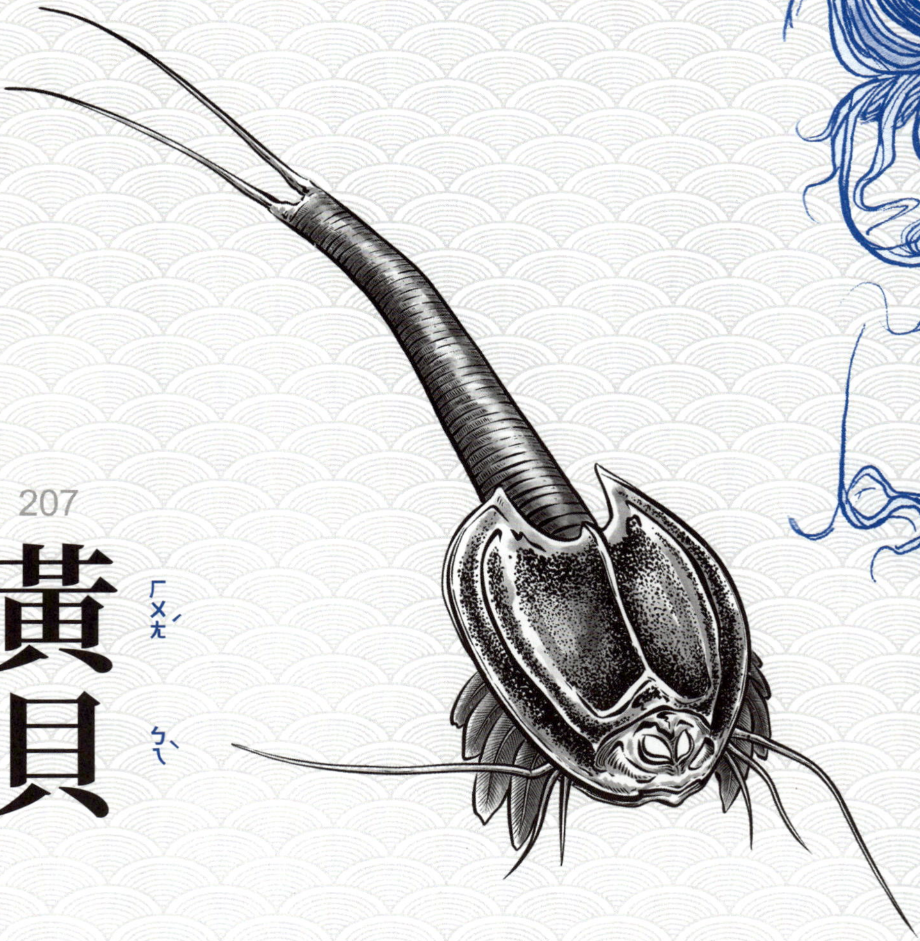

207

黃貝

huáng bèi

ㄏㄨㄤˊ ㄅㄟˋ

208

shuǐ mǎ

水馬

ㄕㄨㄟˇ ㄇㄚˇ

簡介

水馬生活在滑水中，長得像馬，前腿有花紋，尾巴像牛尾，發出聲音時像有人在大聲疾呼。

原典

《山海經．北山經》：「其中多水馬，其狀如馬，文臂牛尾，其音如呼。」

典故

傳說，古時山西忻州有一匹水馬為患當地，人們沒有辦法驅除。有一日，來了兩個南方人，倆人身材偉岸、相貌奇偉，答應為百姓除去水馬之患。倆人隨當地人來到煞水崖深潭邊，一人下潭捉水馬，另一人在岸邊守候。不一會兒，只見水中擊浪翻滾，那人與水馬在潭中時隱時現，搏擊廝殺，岸上圍觀之人無不駭然。這場激搏持續了三天三夜才停止，而滿潭的水也幾乎變成了血色。那人與水馬搏鬥後無力逃出，最後沒入水中不見了。又過了好久，水裡再也沒有什麼動靜了，人們只好嘆息著散去。從此，當地再也沒有出現過水馬，百姓得以安居樂業，繁衍生息。

209

蕃鳥

fān niǎo

ㄈㄢ ㄋㄧㄠˇ

簡介

何鳥不詳，也有人認為可能是貓頭鷹之類的鳥。

原典

《山海經．北山經》：「其上多松柏，其下多棕橿，其獸多麢羊，其鳥多蕃。」

210

旄牛

máo niú

ㄇㄠˊ ㄋㄧㄡˊ

簡介

旄牛外形像一般的牛，但四肢關節上都長著長長的毛。

原典

《山海經．北山經》：「有獸焉，其狀如牛，而四節生毛，名曰旄牛。」

211

孟極

mèng jí

ㄇㄥˋ ㄐㄧˊ

簡介

石者山中有一種野獸，形狀如豹，額頭上有花紋，周身都是白色的，牠的名字叫孟極。這種獸善於潛伏隱藏，發出的叫聲像是在喊自己的名字。

原典

《山海經．北山經》：「有獸焉，其狀如豹，而文題白身，名曰孟極，是善伏，其鳴自呼。」

212

幽鴳

yōu yàn

ㄧㄡ ㄧㄢˋ

簡介

幽鴳的外形似猿猴，身上長滿了花紋，吼叫時的聲音就像在自呼其名。幽鴳喜歡笑，一看見人就愛耍小聰明，倒地裝睡。

原典

《山海經．北山經》：「有獸焉，其狀如禺而文身，善笑，見人則臥，名曰幽鴳，其鳴自呼。」

典故

《山海經圖贊》中稱幽鴳長得像猴子，有點機靈，碰到物體就會大笑，見到人會假裝睡著。

213

足訾

zú zǐ

ㄗㄨˊ ㄗˇ

簡介

足訾外形像猿猴，卻長著鬣毛，有牛一般的尾巴、長滿花紋的雙臂、馬一樣的蹄子，一看見人就呼叫。

原典

《山海經．北山經》：「有獸焉，其狀如禺而有鬣，牛尾、文臂、馬蹄，見人則呼，名曰足訾，其鳴自呼。」

214

諸犍

zhū jiān

ㄓㄨ ㄐㄧㄢ

簡介

諸犍是單張山上的一種野獸，外形像豹子，尾巴長，長著人頭牛耳，只有一隻眼睛。

原典

《山海經．北山經》：「有獸焉，其狀如豹而長尾，人首而牛耳，一目，名曰諸犍，善吒，行則銜其尾，居則蟠其尾。」

典故

據説諸犍的尾巴很長，行走的時候需要咬著自己的尾巴。

215

那父

nà fù

ㄋㄚˋ ㄈㄨˋ

簡介

那父是生活在灌題山上的野獸，樣子像牛，尾巴是白色的，其叫聲有如人在呼喚。

原典

《山海經．北山經》：「有獸焉，其狀如牛而白尾，其音如訆，名曰那父。」

216

竦斯

sǒng sī

ㄙㄨㄥˇ ㄙ

簡介

竦斯形體像一般的雌野雞，長著人的面孔，一看見人就跳躍。鳴叫的聲音便是自身名字的讀音。

原典

《山海經．北山經》：「有鳥焉，其狀如雌雉而人面，見人則躍，名曰竦斯，其鳴自呼也。」

典故

竦斯是人面雉，也就是長了人面的野雞。牠身披斑斕絢麗的羽毛，瀟灑地振翅，邁著輕盈的步履，行走的時候會銜著自己的尾巴，在山野間發出清脆的叫聲。一般而言，雉雞寓意著大吉大利。

217

長蛇

cháng shé

ㄔㄤˊ ㄕㄜˊ

簡介

長蛇身上長著像野豬一樣的豪毛，聲音就像敲鼓打梆子一樣洪亮。

原典

《山海經．北山經》：「有蛇名曰長蛇，其毛如彘豪，其音如鼓柝。」

典故

根據其體型和名字，很多人猜測這種蛇其實就是《山海經》所記載的另一種蛇──修蛇。修蛇是一種巨蛇，《淮南子．本經訓》中說，帝堯在位的時候，十個太陽並出，曬焦了莊稼和草木，修蛇等六種怪獸凶禽也出來危害人民。堯派神箭手羿除掉了這六種禍害，把十個太陽射掉了九個，而修蛇是在洞庭被后羿射死的。

218

赤鮭

chì guī

ㄔˋ ㄍㄨㄟ

簡介

崑崙山的東北角有一處泑澤，實際上就是黃河的源頭。水中有很多赤鮭。

原典

《山海經．北山經》：「出於崑崙之東北隅，實惟河原。其中多赤鮭。」

典故

赤鮭也稱河豚。歷史上有「蘇東坡冒死吃河豚」的故事。

有一次，蘇東坡的朋友得到一條河豚，仔細洗淨、精心烹製後，請蘇東坡來品嘗。因是初次烹製河豚，朋友的家人不敢先食，都躲在屏風後，希望能聽到美食家蘇東坡的評價。河豚端上桌，蘇東坡二話不說拿起筷子大吃起來，室內只聽得到咀嚼之聲，過了好久都沒有聽到評論。大家心懷失望正欲退下，只聽蘇東坡長吟一聲：「也值一死了！」蘇東坡為吃河豚甘以生命冒險，成為後來食客的榜樣。

219

yǎo

狕 ㄧㄠˇ

簡介

狕的外形像豹，
頭上有斑紋。

原典

《山海經．北山經》：「有獸焉，
其狀如豹而文首，名曰狕。」

220

lǘ mí

閭麋

ㄌㄩˊ ㄇㄧˊ

簡介

閭麋生活在縣雍山上，是一種與麋鹿相似的動物。

原典

《山海經．北山經》：「又北五十里，曰縣雍之山，其上多玉，其下多銅，其獸多閭麋。」

221

駮馬

bó mǎ

ㄅㄛˊ ㄇㄚˇ

簡介

駮馬的形象如同傳說中的獨角獸，是一種生活在墩頭山上的野獸，長著牛的尾巴，渾身如同白玉一般，獨角，叫聲如同人在呼喊。

原典

《山海經·北山經》：「其中多駮馬，牛尾而白身，一角，其音如呼。」

222

獨狢

dú yù

ㄉㄨˊ ㄩˋ

簡介

獨狢的外形像一般的老虎，卻長著狗腦袋、馬尾巴、豬鬃毛，身體是白色的。

原典

《山海經．北山經》：「有獸焉，其狀如虎，而白身犬首，馬尾彘鬣，名曰獨狢。」

典故

獨狢像是各種動物的混合體，不過從牠的狗頭來看，應該是類似於犬科的一種動物。猜測獨狢應該是棕鬣狗，而棕鬣狗又名褐鬣狗，也是鬣狗家族的一員，牠們的身上有橫行的棕褐色與白色相間的條紋，非常像老虎。牠們體毛很長，粗糙而蓬鬆，從頸背部至臀部都有發達的鬣毛，在激動時能高高聳起，好像體型突然變大了一樣。這一點非常像野豬的鬣毛。

223

居暨

jū jì

ㄐㄩ ㄐㄧˋ

簡介

居暨的外形像老鼠，渾身長著和刺蝟一樣的刺，顏色是紅色的，發出的聲音如同小豬叫。

原典

《山海經．北山經》：「其獸多居暨，其狀如彙而赤毛，其音如豚。」

224

飛鼠

fēi shǔ

ㄈㄟ ㄕㄨˇ

簡介

飛鼠的外形像兔子，卻長著老鼠的頭，牠用背飛行，名叫飛鼠。

原典

《山海經．北山經》：「有獸焉，其狀如兔而鼠首，以其背飛，其名曰飛鼠。」

典故

《山海經》中記載的飛鼠與現代的飛鼠相似。飛鼠又名鼯鼠，體側具皮質飛膜，能藉以滑翔，尾為體長的三分之二。

225

象蛇

xiàng shé

ㄒㄧㄤˋ ㄕㄜˊ

簡介

象蛇是一種像雌性野雞的鳥，有五彩的花紋，雌雄同體，發出的叫聲和自己的名字一樣。

原典

《山海經．北山經》：「有鳥焉，其狀如雌雉，而五采以文，是自為牝牡，名曰象蛇，其鳴自詨。」

226

白蛇

bái shé

ㄅㄞˊ ㄕㄜˊ

簡介

在民間傳說中，白蛇很多時候都是靈獸，非妖即仙。

原典

《山海經．北山經》：「又北三百里，曰神囷之山，其上有文石，其下有白蛇，有飛蟲。」

典故

關於白蛇的民間故事，最著名的當屬《白蛇傳》了。除了《白蛇傳》的經典傳說，唐代傳奇《博異志》中也有一個關於白蛇的故事：隴西男子李黃在長安東市偶遇一孀居的白衣女子，這名女子容色絕代，因服喪期滿，欲購吉服。李黃借錢給她，女子便邀請李黃到她家去取錢，後又邀李黃小住。一青衣老女郎自稱是白衣女子之姨，她與李商定，若能代白衣女子償還三十千負債，白衣女子願意服侍左右。李同意，與白衣女子同居三日而還，回家後但覺滿身腥氣、頭重腳輕、臥床不起。家人大驚，急忙去尋找白衣女子，但已人去樓空，樹上下各掛十五千錢，問鄰居說常常見到一巨型白蛇出入樹下。

227 黽 měng ㄇㄥˇ

簡介

黽是一種小型的蛙類，呈青色。

原典

《山海經．北山經》：「洧水出焉，而東流注於河，其中有鱯、黽。」

典故

《說文解字》曰：「黽，鼃黽也。」
「鼃」是蛙的古字，黽就是蛙。
廣西壯族地區有許多關於青蛙的神話傳說和民間歌謠，現在仍有許多與青蛙崇拜有關的節日和習俗，其中最著名的是每年在廣西東蘭、巴馬、鳳山和廣西沿鴨河一帶的水蛭祭。
一般來說，壯族人稱青蛙為「螞蟲另」，但在祭祀儀式上，人們稱青蛙為「蛙婆」。

228

鱯 hù ㄏㄨˋ

簡介

鱯長得凶猛，喜歡住在水底的淤泥或石縫裡，用嘴邊的長鬍鬚探測路過的生物。牠有好幾圈牙齒，細小而非常尖利，能輕鬆地咬碎食物。

原典

《山海經．北山經》：「洧水出焉，而東流注於河，其中有鱯、黽。」

229

䍶䍶

dōng dōng ㄉㄨㄥ ㄉㄨㄥ

簡介

䍶䍶是獨角獨目的奇獸，牠樣子像羊，目在耳後，其叫聲有如呼喚自己的名字。

原典

《山海經・北山經》：「有獸焉，其狀如羊，一角一目，目在耳後，其名曰䍶䍶，其鳴自訆。」

典故

關於䍶䍶的說法有兩種：其一說䍶䍶是吉祥之獸，牠出現的當年就會獲得豐收；其二說䍶䍶是兆凶之獸，一出現皇宮中便會發生禍亂。

230

橐駝

tuó tuó ㄊㄨㄛˊ ㄊㄨㄛˊ

簡介

橐駝就是駱駝。根據《山海經》的描寫，橐駝生活在虢山和在鐃山。

原典

《山海經．北山經》：「又北山行五百里，水行五百里，至於鐃山。是無草木，多瑤碧，其獸多橐駝，其鳥多鸐。」

典故

駱駝善於在流沙之中行走，有沙漠之舟的美譽。《博物志》記載，敦煌以西，再往外國去，要穿過一千多里的沙漠，一路上沒有水，只有水流暗潛的地方，人們看不出來。而駱駝知道水的脈絡，路過有水脈的地方，駱駝就會停下，用腳踏地。人們在牠踏的地方往下挖，就能挖出水來。

231

鸖 ㄌㄧㄡˊ liú

簡介

就是鵂鶹，是鴟鴞科的一種猛禽。

原典

《山海經．北山經》：「是無草木，多瑤碧，其獸多橐駝，其鳥多鸖。」

典故

唐劉恂《嶺表錄異》記載，鵂鶹是與鬼車（九頭鳥）一類的妖鳥，白天什麼都看不見，只在夜間活動。有的鵂鶹喜歡吃人的指甲，據說吃了之後就能知道人的吉凶。若鵂鶹在某戶人家的屋子上鳴叫，表示有凶信，也預示那家將有災禍。

簡介

獂居於乾山，其狀如牛，長有三足，叫聲像自己的名字一樣。

原典

《山海經・北山經》：「有獸焉，其狀如牛而三足，其名曰獂，其鳴自詨。」

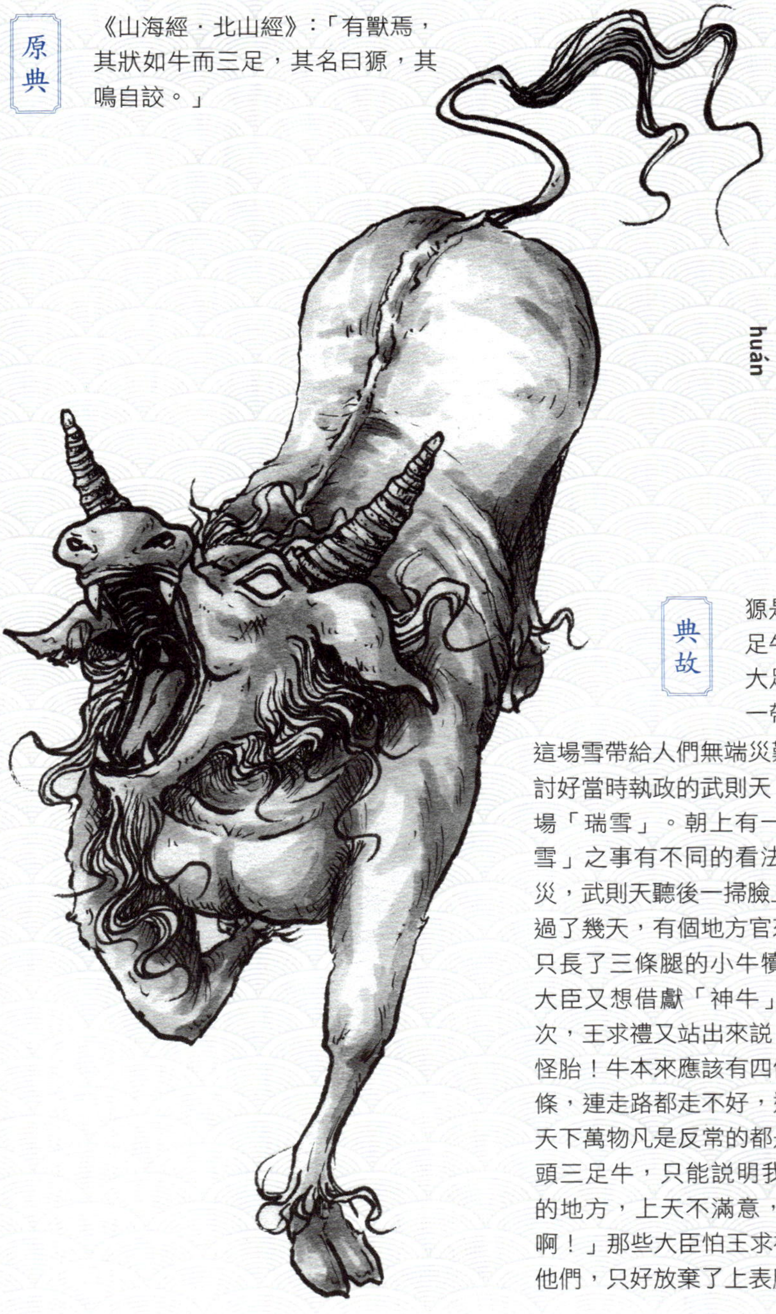

232

獂

huán ㄏㄨㄢˊ

典故

獂是一種三足牛。關於三足牛，有一個傳說：唐朝大足元年三月，京城長安一帶下了三天三夜的雪，這場雪帶給人們無端災難，而達官貴人們為了討好當時執政的武則天，四處造輿論說這是一場「瑞雪」。朝上有一位直臣王求禮對「瑞雪」之事有不同的看法，覺得這場雪就是天災，武則天聽後一掃臉上的喜色，拂袖而去。過了幾天，有個地方官來到京城，帶來了一頭只長了三條腿的小牛犢，稱天降神牛，一些大臣又想借獻「神牛」來討好武則天。這一次，王求禮又站出來說：「這三足牛不過是個怪胎！牛本來應該有四條腿，這頭牛卻只有三條，連走路都走不好，還說是什麼『神牛』。天下萬物凡是反常的都是妖邪，現在出現了這頭三足牛，只能說明我們為政施教有不妥當的地方，上天不滿意，才降下這怪物來警告啊！」那些大臣怕王求禮又在武則天面前駁斥他們，只好放棄了上表慶賀的打算。

羆九

pí jiǔ

ㄆㄧˊ ㄐㄧㄡˇ

簡介

羆九生活在倫山中，形體像麋鹿，肛門長在尾巴上面。

原典

《山海經·北山經》：「有獸焉，其狀如麋，其州在尾上，其名曰羆九。」

典故

郭璞在《山海經圖贊》中說：「竅生尾上，號曰羆九。」也就是說羆九的肛門長在尾巴上。《儒林外史》第三十八回〈郭孝子深山遇虎，甘露僧狹路逢仇〉提道：「郭孝子舉眼一看，只見前面山上蹲著一個異獸，頭上一隻角，只有一隻眼睛， 卻生在耳後，那異獸名為『羆九』。」

234

从从

cóng cóng

ㄘㄨㄥˊ ㄘㄨㄥˊ

簡介

从从的外形像一般的狗，卻長著六隻腳，發出的叫聲就是自己的名字。

原典

《山海經．東山經》：「有獸焉，其狀如犬，六足，其名曰从从，其鳴自詨。」

典故

从从作為獸王，除了六足以外，還有一個顯著的標誌，即尾長於身，一丈有餘，拖在身後就像一條神鞭，膽敢有違逆冒犯者，尾巴甩過去就能將其劃為兩段。

235

鱤魚

gǎn yú

ㄍㄢˇ ㄩˊ

簡介

鱤魚即竿魚，性情凶猛，擅捕食各種魚類。

原典

《山海經．東山經》：「姑兒之水出焉，北流注於海，其中多鱤魚。」

典故

《本草綱目》中稱鱤魚生在江湖中，體型似鯉而腹平，頭像鯇魚但口大，頰似鯰魚但顏色發黃，鱗似鱒魚但更小一些，體型大的有三、四十斤。

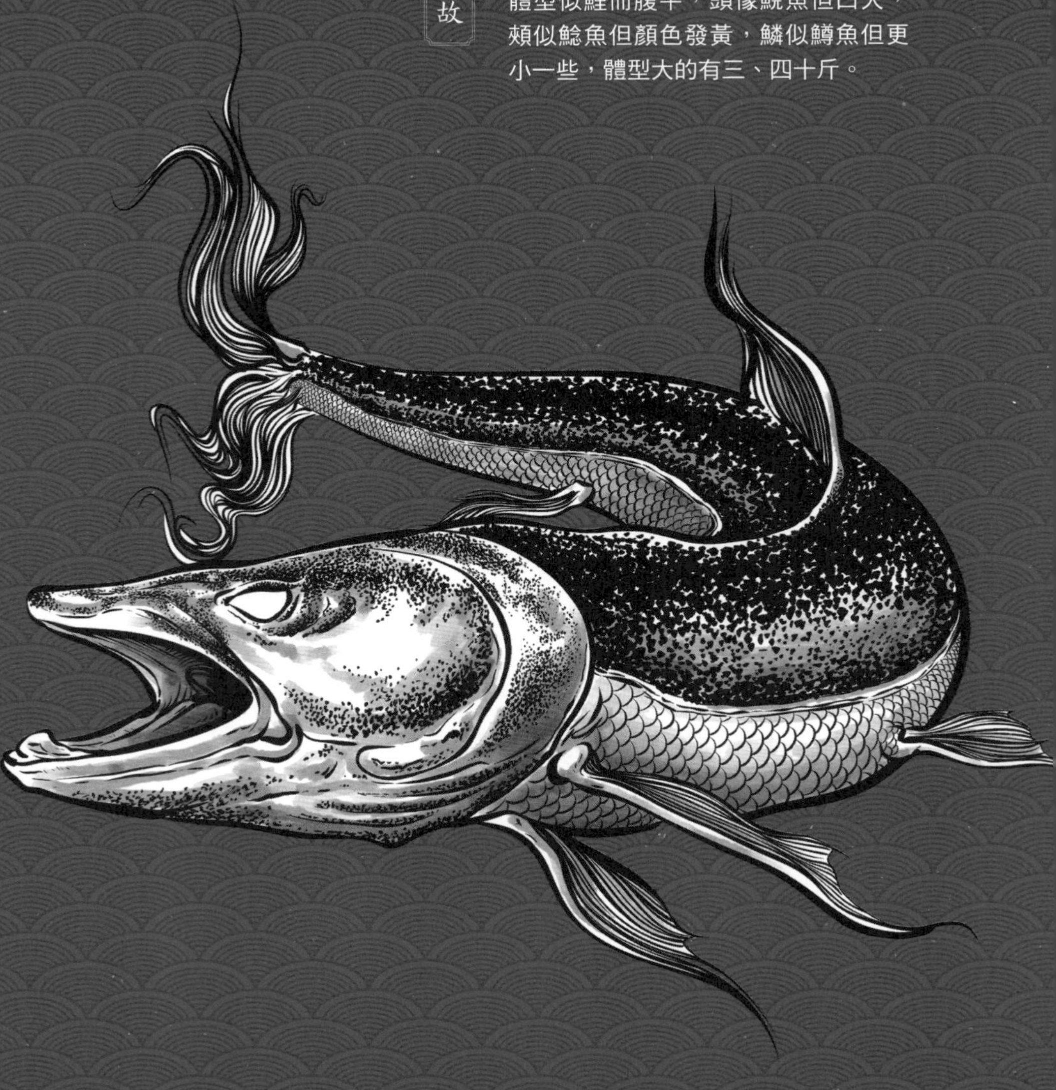

236

狪狪

tóng tóng

ㄊㄨㄥˊ ㄊㄨㄥˊ

簡介

狪狪的外形像野豬，體內含珠，叫聲即為自己的名字。

原典

《山海經・東山經》：「有獸焉，其狀如豚而有珠，名曰狪狪，其鳴自訆。」

典故

郭璞在《山海經圖贊》中說，蚌可以含珠，狪狪這種異獸也身體含珠。郭璞還認為，狪狪長得像豬，身體呈褐色，帶禍在身。

237

猨胡

yuan hú

ㄩㄢˋ ㄏㄨˊ

簡介

猨胡是屍胡山中的一種野獸，樣子像麋鹿，長著一對魚眼，叫聲像是呼喚自己的名字。

原典

《山海經．東山經》：「有獸焉，其狀如麋而魚目，名曰猨胡，其鳴自訆。」

238

鱅鱅魚

yōng yōng yú

ㄩㄥ ㄩㄥ ㄩˊ

簡介

一種形狀像犁牛，發出的聲音如同豬叫的魚。

原典

《山海經．東山經》：「而東北流注於海。其中多鱅鱅之魚，其狀如犁牛，其音如彘鳴。」

239

寐魚

mèi yú ㄇㄟˋ ㄩˊ

簡介

寐魚，即鮇魚，也稱嘉魚，為淡水中鮭科魚類的一種。

原典

《山海經．東山經》：「是山也，廣員百里，多寐魚。」

典故

郭璞說寐魚就是鮇魚，而清李元《蠕範》中說鮇魚又稱拙魚、嘉魚、丙穴魚。這種魚的頭上有黑點，身長、鱗片很細，肉色猶如白玉。

240

鱣魚

zhān yú

ㄓㄢ ㄩˊ

簡介

鱣魚又稱鱘魚、鰉魚，體長一般可達兩公尺，體型較大者可長達五公尺以上。牠的頭部略呈三角形，吻長而較尖銳，前端略向上翹。口部寬大，弧形下位，吻部前方有兩對吻鬚。眼小，距吻端較近；左、右鰓膜彼此相連，並向腹面伸展。

原典

《山海經．東山經》：「其上有水出焉，名曰碧陽，其中多鱣鮪。」

典故

中國有「魚躍龍門」的傳説，在現實生活中，鱘魚也有「躍龍門」的行為。鱘魚騰躍龍門不是為了成龍，而是為了繁衍後代。現代研究表明，鱘魚產卵「多在江河上游，水溫較低，流速較大，流態複雜，河道寬窄相間並具石礫底質的急灘地帶」，而山西、陝西兩省交界處的龍門一帶正具有以上地貌特徵，因而龍門成為鱘魚雲集產卵的理想場所。

241 蠵龜

xī guī

ㄒㄧ ㄍㄨㄟ

簡介

蠵龜在現代一般指紅海龜。紅海龜體長一公尺至兩公尺，體重約為一百公斤，頭較大，寬約十五公分；上、下頜均有極強的鉤狀喙；頭部背面具有對稱的鱗片，成體背部無稜。

原典

《山海經．東山經》：「有水焉，廣員四十里皆湧，其名曰深澤，其中多蠵龜。」

典故

根據《說文解字》，蠵是一種大龜，而且是所有烏龜中最大的一種。用腹部鳴叫。郭璞則認為蠵龜出自涪陵郡，其龜殼上有花紋，外形酷似玳瑁，但比玳瑁要薄。

242

鮯鮯魚

gé gé yú

ㄍㄜˊ ㄍㄜˊ ㄩˊ

簡介

鮯鮯魚身雖像鯉魚，但長著六隻腳和鳥類的尾巴，叫聲如同在叫自己的名字。鮯鮯魚有超級潛水功能，可以無限度在水中深潛。

原典

《山海經．東山經》：「有魚焉，其狀如鯉，而六足鳥尾，名曰鮯鮯之魚，其鳴自訆。」

典故

《山海經圖贊》中提到，鮯鮯魚很善於潛水，可以無限度在水中深潛。

243

精精

jīng jīng

ㄐㄧㄥ ㄐㄧㄥ

簡介

精精形狀像一般的牛，卻長著馬一樣的尾巴，發出的叫聲就像是在叫自己的名字。

原典

《山海經．東山經》：「有獸焉，其狀如牛而馬尾，名曰精精，其鳴自叫。」

典故

據說在明萬曆二十五年，括蒼得到一種辟邪異獸，其頭上長著堅硬的雙角，毛皮上布滿鹿紋，還長有馬尾牛蹄，當時很多人懷疑此獸就是精精。

244

鶡

hé ㄏㄜˊ

簡介

鶡又叫鶩雞，黃黑色，勇敢好鬥。

原典

《山海經・中山經》：「中次二經濟山之首，曰輝諸之山，其上多桑，其獸多閭麋，其鳥多鶡。」

典故

古代有一種冠飾叫作鶡冠，又被稱為「武士之冠」。鶡冠插有鶡毛，加雙鶡尾，豎插兩邊。因為「鶡者勇雉也」之意，戰國趙武靈王便用鶡冠來表彰勇者。

245

yín

𪊨 ㄧㄣˊ

簡介

𪊨的形狀與貉相似，長著人一樣的眼睛。

原典

《山海經．中山經》：「有獸焉，其狀如貉而人目，其名曰𪊨。」

246

犛牛

lí niú

ㄌㄧˊ ㄋㄧㄡˊ

簡介

犛牛是青藏高原為起源地的特產家畜，其叫聲像豬鳴，所以又叫豬聲牛。

原典

《山海經．中山經》：「東北百里，曰荊山，其陰多鐵，其陽多赤金，其中多犛牛，多豹虎。」

247

旋龜

xuán guī

ㄒㄩㄢˊ ㄍㄨㄟ

簡介

旋龜，鳥首鱉尾，叫起來好像敲擊木棒的聲音。

原典

《山海經．中山經》：「豪水出焉，而南流注於洛；其中多旋龜，其狀鳥首而鱉尾，其音如判木。」

248

jié ⿰犭頡 ㄐㄧㄝˊ

簡介

長得像發怒時的狗，身上有鱗片，毛像豬頸部的長毛。

原典

《山海經．中山經》：「有獸焉，名曰⿰犭頡，其狀如獳犬而有鱗，其毛如彘鬣。」

249

bào

豹 ㄅㄠˋ

簡介

貓科動物，其渾身布滿圓形斑紋，所以又名金錢豹或花豹。

原典

《山海經．中山經》：「東北百里，曰荊山，其陰多鐵，其陽多赤金，其中多犛牛，多豹虎。」

250

麈

zhǔ ㄓㄨˇ

簡介

麈是鹿一類的動物，其尾可做拂麈。

原典

《山海經．中山經》：「又東北三百五十里，曰綸山，其木多梓枏，多桃枝，多柤、栗、橘、櫾，其獸多閭麈、麢、㚟。」

251

帝女桑

dì nǚ sang ㄉㄧˋ ㄋㄩˇ ㄙㄤ

簡介

南方赤帝的女兒得道成仙後，居住在宣山的桑樹上，赤帝點火焚燒桑樹，其女便升天而去，此桑於是稱為帝女桑。

原典

《山海經．中山經》：「其上有桑焉，大五十尺，其枝四衢，其葉大尺餘，赤理黃華青柎，名曰帝女之桑。」

252

文魚

wén yú

ㄨㄣˊ ㄩˊ

簡介

文魚是金魚的一種。

原典

《山海經．中山經》：「雎水出焉，東南流注於江，其中多丹粟，多文魚。」

典故

文魚在古代被當作觀賞魚，記載了揚州園亭奇觀、風土人物的清代筆記《揚州畫舫錄》中描述了一座揚州別院飼養文魚的情況：「柳下置砂缸蓄魚，有文魚、蛋魚、睡魚、蝴蝶魚、水晶魚諸類。」據說，上等的文魚會被選為用來上供，次一等的文魚則多被遊人當作土特產買走。

253

鮫魚

jiāo yú

ㄐㄧㄠ ㄩˊ

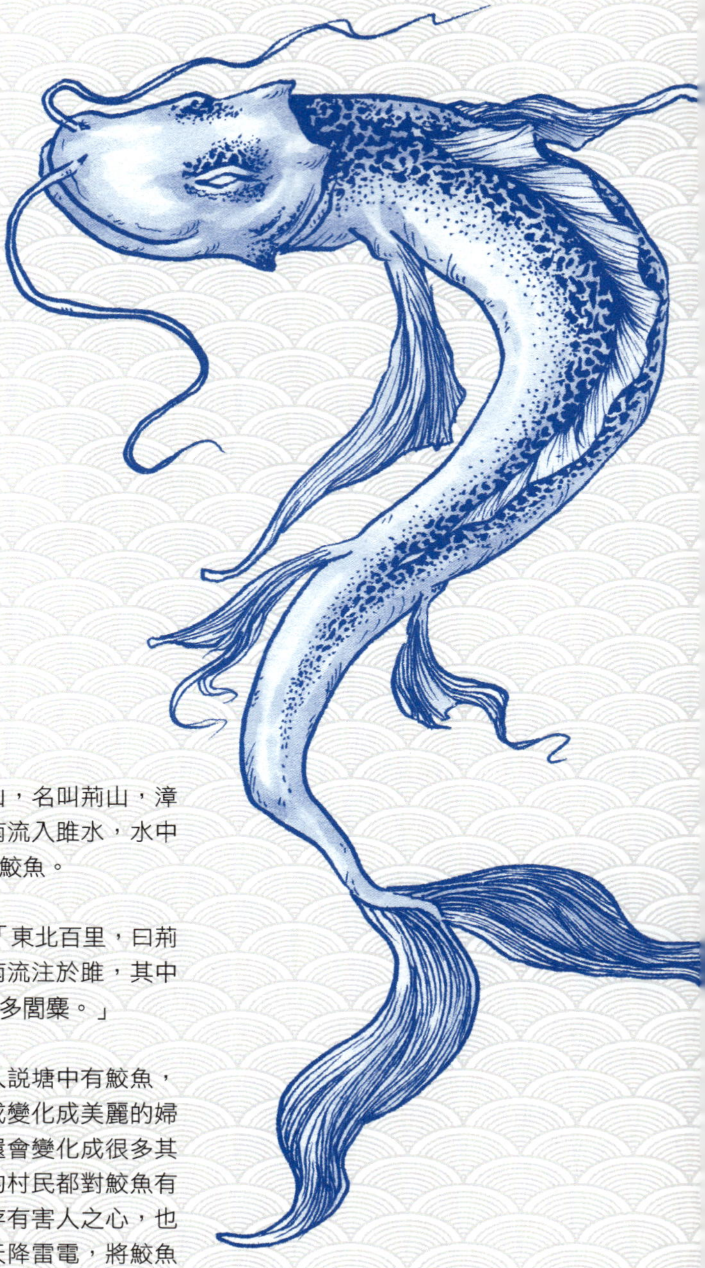

簡介

再向東北一百里有座山，名叫荊山，漳水發源於此山，向東南流入雎水，水中有很多黃金，還有很多鮫魚。

原典

《山海經．中山經》：「東北百里，曰荊山，漳水出焉，而東南流注於雎，其中多黃金，多鮫魚，其獸多閭麋。」

典故

耒陽縣有蘆葦塘，有人說塘中有鮫魚，每隔五天變化一次，或變化成美麗的婦人，或變化成男子，還會變化成很多其他種類的生物。周圍的村民都對鮫魚有戒備，所以鮫魚不敢存有害人之心，也不能有所謀劃。後來天降雷電，將鮫魚殺死，從此那片蘆葦塘就乾涸了。

254

鼉圍

tuó wéi

ㄊㄨㄛˊ ㄨㄟˊ

簡介

鼉圍神就住在驕山中，這位神的臉與人臉相似，頭上的角像羊角，爪子跟虎爪相似，常常在淮水和漳水的深潭中巡遊，出入時身上閃閃發光。

原典

《山海經・中山經》：「神鼉圍處之，其狀如人面，而羊角虎爪，恒遊於雎漳之淵，出入有光。」

255

麂

jǐ ㄐㄧˇ

簡介

麂是一種小型鹿類，體長約八十至一百公分，肩高約四十至六十公分，體重約十五到三十公斤。雄性有小角，且有發達的上犬齒。

原典

《山海經．中山經》：「又東北百二十里，曰女几之山，其上多玉，其下多黃金，其獸多豹虎，多閭麋、麖、麂，其鳥多白鷸，多翟，多鴆。」

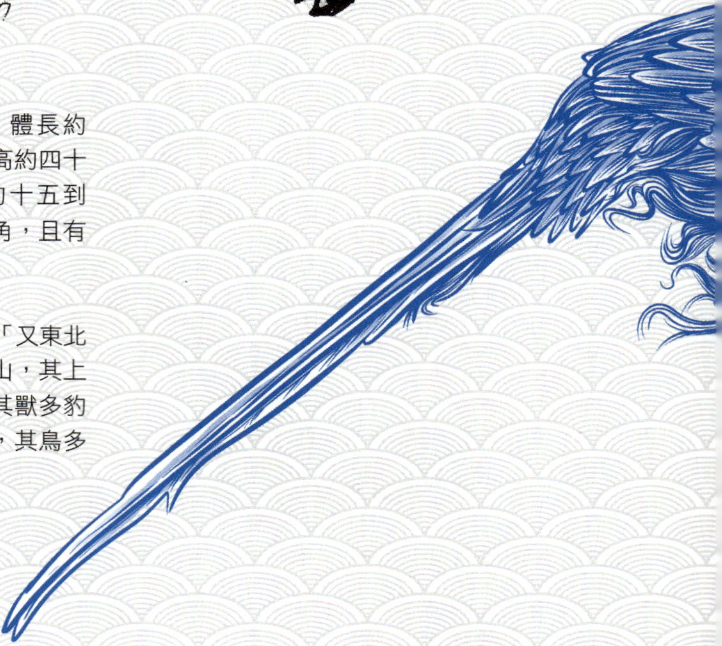

256

洞庭怪神

dòng tíng guài shén

ㄉㄨㄥˋ ㄊㄧㄥˊ ㄍㄨㄞˋ ㄕㄣˊ

簡介

洞庭怪神居住在九江之間，具有操蛇、戴蛇的特徵。

原典

《山海經．中山經》：「澧沅之風，交瀟湘之淵，是在九江之間，出入必以飄風暴雨，是多怪神，狀如人而載蛇。」

257

白鷮

bái jiāo

ㄅㄞˊ ㄐㄧㄠ

簡介

白鷮即「鴝雉」，是一種像野雞一樣有長尾羽的鳥，會邊飛邊鳴叫。

原典

《山海經．中山經》：「又東北百二十里，曰女几之山，其上多玉，其下多黃金，其獸多豹虎，多閭麋、麖、麂，其鳥多白鷮，多翟，多鴆。」

258

白犀

bái xī

ㄅㄞˊ ㄒㄧ

簡介

白犀，就是白色的犀牛。

原典

《山海經．中山經》：「又東南二百里，曰琴鼓之山，其木多穀、柞、椒、柘；其上多白珉，其下多洗石；其獸多豕、鹿，多白犀；其鳥多鴆。」

簡介

古人常用白犀牛的尾毛來製作拂塵，叫作白犀塵，是一種昂貴的日常用品。

259

zhèn

鴆 ㄓㄣˋ

簡介

傳說鴆鳥是一種吃蛇的毒鳥，其體形大小和雕相當，羽毛紫綠色，頸部很長，喙是紅色的。

原典

《山海經．中山經》：「又東南二百里，曰琴鼓之山，其木多榖、柞、椒、柘；其上多白瑉，其下多洗石；其獸多豕、鹿，多白犀；其鳥多鴆。」

簡介

傳說，邑州溪峒的深山中有鴆鳥，外形有點像烏鴉，但體型較小，黑身紅眼，鳴叫的聲音如同敲鼓時發出的聲音。鴆鳥只以毒蛇為食，遇到毒蛇，牠就會在毒蛇的洞外徘徊，伺機捕食。據說，凡是有鴆的山，草木都會枯萎；鴆落在石頭上，石頭也會崩裂。有人說，鴆在秋冬脱毛，人們會用銀子做成的爪勾取鴆鳥的羽毛放在銀瓶裡，如果想害人，只需要放入一根在酒裡，給人喝下，立刻就會死去。成語「飲鴆止渴」中的鴆，指的就是鴆鳥羽毛做成的毒酒。

260

良龜

liáng guī

ㄌㄧㄤˊ ㄍㄨㄟ

簡介

良龜是品種優良的龜。

原典

《山海經．中山經》：「江水出焉，東北流注於海，其中多良龜，多鼉。」

261

涉䵹

shè tuó

ㄕㄜˋ ㄊㄨㄛˊ

262

怪蛇

guài shé

ㄍㄨㄞˋ ㄕㄜˊ

簡介

怪蛇是生活在長江中的一種蛇。

原典

《山海經．中山經》：「江水出焉，東流注於大江，其中多怪蛇， 多鰲魚。」

簡介

傳說中的神靈，長著方形面孔、三隻腳。

原典

《山海經．中山經》：「又東北百五十里，曰岐山，其陽多赤金，其陰多白瑉，其上多金玉，其下多青雘，其林多樗。神涉鼉處之，其狀人身而方面三足。」

263

鼉 tuó ㄊㄨㄛˊ

簡介

鼉是兩棲爬行動物，有人猜測鼉是中國特有的揚子鱷，又稱「豬婆龍」。

原典

《山海經．中山經》：「江水出焉，東北流注於海，其中多良龜，多鼉。」

典故

周穆王出師東征，來到江西九江，因江河密布，導致行軍受阻，於是下令大肆捕殺黿、鼉，用以填河架橋，終於戰勝了敵方，這就是「黿鼉為梁」的典故。

264

蜼 wěi ㄨㄟˇ

簡介

蜼是一種長尾猿。

原典

《山海經．中山經》：「其獸多犀、象、熊、羆，多猨、蜼。」

典故

《爾雅》中稱蜼似獼猴，但體型更大，全身黃黑色，尾巴長數尺，似獺，尾末有分叉，鼻子外露且向上。

265

人面三首神

rén miàn sān shǒu shén

ㄖㄣˊ ㄇㄧㄢˋ ㄙㄢ ㄕㄡˇ ㄕㄣˊ

簡介 苦山、少室山、太室山中的三個山神，形貌都是人面，三個腦袋。

原典 《山海經．中山經》：「苦山、少室、太室皆冢也，其祠之：太牢之具，嬰以吉玉。其神狀皆人面而三首。」

266

飛蛇

fēi shé

ㄈㄟ ㄕㄜˊ

簡介

飛蛇就是螣蛇，也作騰蛇，是一種能夠騰雲駕霧的神獸。

原典

《山海經．中山經》：「又南九十里，曰柴桑之山，其上多銀，其下多碧，多汵石、赭，其木多柳芑楮桑，其獸多麋鹿，多白蛇、飛蛇。」

典故

據說，雄性的騰蛇鳴叫會呼出向上的風流，雌性的騰蛇鳴叫會呼出向下的風流。

267

鸜鵒

qú yù ㄑㄩˊ ㄩˋ

簡介

鸜鵒也叫鴝鵒，俗名八哥，其羽毛是黑色的，頭及背微帶綠色光澤。據說把牠的舌尖剪成圓形，牠就能學人說話。

原典

《山海經．中山經》：「又西二十里，曰又原之山，其陽多青雘，其陰多鐵，其鳥多鸜鵒。」

典故

東晉時期，桓豁任荊州刺史時，他屬下的一位參軍飼養了一隻八哥。在五月五日時，參軍替八哥修剪了舌尖，開始教牠說話。很快，這隻八哥就能和人對話，還擅長模仿人的語調和笑聲，甚至連一位帶有鼻音之人的說話方式也模仿得惟妙惟肖。有一次，保管員偷竊物品時，牠向主人告發，引起保管員的忌恨，這隻聰慧的八哥便被殘忍殺害了。這個故事寫出了八哥的靈慧可愛，也對牠的冤死感到惋惜。

268

jiāo

蛟 ㄐㄧㄠ

簡介

蛟是中國古代神話中的龍類。蛟有時被稱為蛟龍，但其並非龍。蛟棲息在湖淵等聚水處，也會悄悄地隱居在離民家很遠的池塘或河流的水底。

原典

《山海經．中山經》：「湍水出焉，東流注於濟；貺水出焉，東南流注於漢，其中多蛟。」

典故

明袁宏道《荊州記》中記載一個故事：沔水底端有個隈潭，潭水極深，有蛟作亂。襄陽太守鄧遐得知此事，拔出劍來，跳到水裡與蛟搏鬥。蛟繞著他的腳，但鄧遐勇猛非凡，揮劍把蛟斬成幾段，後來此地就再沒有蛟患。

269

嬰勺

yīng sháo

ㄧㄥ ㄕㄠˊ

簡介

嬰勺的形狀與喜鵲相似，長著紅色的眼睛、紅色的嘴巴、白色的身子，尾巴形狀像勺子，鳴叫聲就像是在呼叫自己的名字。

原典

《山海經．中山經》：「有鳥焉，其名曰嬰勺，其狀如鵲，赤目、赤喙、白身，其尾若勺，其鳴自呼。」

270

大魚

dà yú ㄉㄚˋ ㄩˊ

簡介　灃水向東流入水，水中有許多大魚。

原典　《山海經．中山經》：「灃水出焉，東流注於水，其中多大魚。」

271

頡

xié ㄒㄧㄝˊ

簡介　溳水向東南流入汝水，水中有許多娃娃魚，還有許多蛟龍和頡。

原典　《山海經．中山經》：「溳水出焉，東南流注於汝水，其中多人魚，多蛟，多頡。」

272

帝之二女

dì zhī èr nǚ

ㄉㄧˋ ㄓ ㄦˋ ㄋㄩˇ

簡介

帝之二女就是堯帝的兩個女兒，她們就住在洞庭山中，常常到長江的深潭中遊玩。由澧水和沅江吹來的風，交匯於湘江的深潭處，這片水域位於九條江河之間，因此她們出入時，一定會伴有狂風暴雨。

原典

《山海經．中山經》：「帝之二女居之，是常遊於江淵。澧沅之風，交瀟湘之淵，是在九江之間，出入必以飄風暴雨。」

典故

帝之二女就是娥皇、女英姐妹，《尚書．堯典》記載：「堯將二女嫁於舜。」相傳娥皇、女英姐妹同嫁虞舜為妃。後舜出外巡遊，死於蒼梧。她們尋夫趕至南方瀟、湘一帶，淚灑竹林，染竹成斑，世人稱這種竹子為「瀟湘竹」。

273

結匈民

jié xiōng mín

ㄐㄧㄝˊ ㄒㄩㄥ ㄇㄧㄣˊ

簡介

結匈國在《海外南經》所記載地區的西南部，其國人胸部的骨肉均向前突出。

原典

《山海經．海外南經》：「結匈國在其西南，其為人結匈。」

典故

結匈國又稱作結胸國，是《淮南子》所記海外三十六國之一，其民稱作結胸民，其人的前胸都突起一大塊，像是男人的喉結。

274

yǔ mín

羽民

ㄩˇ ㄇㄧㄣˊ

簡介

羽民國位於比翼鳥棲息之地的東南面，
這個國家的人都長著長長的腦袋，
全身長滿羽毛。還有一種說法，
那裡的人都長著長長的臉頰。

原典

《山海經．海外南經》：「羽民國在其東南，其為人長頭，身生羽。一曰在比翼鳥東南，其為人長頰。」

原典

羽民國是《淮南子》所記海外三十六國之一，根據《淮南子》的記載，其國人腦袋與臉頰狹長、白頭髮、紅眼睛，長著鳥的尖喙，卵生，背上長著一對翅膀，能飛卻飛不遠。《博物志．外國》記載，羽民有翅膀，只是飛不遠，這個國家離九嶷山四萬三千里遠，周邊多鸞鳥，而羽民吃鸞鳥的蛋。

簡介

讙頭國在畢方鳥棲息之地的南面，國中之人長著人臉，身上長有翅膀，長著鳥一樣的嘴，擅長捕魚。還有一種說法是讙頭國在畢方鳥棲息之地的東面。有人說讙頭國就是讙朱國。

原典

《山海經．海外南經》：「讙頭國在其南，其為人人面有翼，鳥喙，方捕魚。一曰在畢方東。或曰讙朱國。」

典故

讙頭國又稱為讙兜國、讙朱國，是《淮南子》所記海外三十六國之一。郭璞認為，讙兜是堯帝的罪臣，自己跳入南海而亡。帝憐憫他，讓他的兒子住在南海祭祀他。《博物志》中則說，讙頭民像仙人，由帝堯掌管。

275

讙頭民

huān tóu mín

ㄏㄨㄢ ㄊㄡˊ ㄇㄧㄣˊ

276

厭火民

yàn huǒ mín

ㄧㄢˋ ㄏㄨㄛˇ ㄇㄧㄣˊ

簡介

厭火國在讙頭國的南面，該國之人長著獸一樣的身子，全身黑色，能從口中吐出火來。一說厭火國在讙朱國的東面。

原典

《山海經．海外南經》：「厭火國在其南，其為人獸身黑色，火出其口中。一曰在讙朱東。」

典故

《本草集解》中說：「南方有厭火之民與食火之獸，這個國度靠近黑崑崙，人能食火炭。」

《博物志》則記錄了一個叫厭光國的國家，厭光國的人口中能出火光，身形像猿猴，膚色黑。「光」即「火」，所以這個厭光國民就是厭火民。

277

三苗人

sān miáo rén

ㄙㄢ ㄇㄧㄠˊ ㄖㄣˊ

簡介

三苗國也叫三毛國，位於赤水的東面。此國的人相互跟隨而行。

原典

《山海經．海外南經》：「三苗國在赤水東，其為人相隨。一曰三毛國。」

典故

三苗是傳說中黃帝至堯舜禹時代的古老民族，主要分布在長江中游以南。堯時，三苗曾作亂，堯發兵征討，與其大戰於丹水。三苗被擊敗，向堯俯首稱臣，成為一方諸侯。後來，堯帝讓位於舜後，三苗首領不滿舜帝，起兵叛亂，遭舜誅殺，三苗兵敗後占據南海地域並建立三苗國。有學者認為，現代的苗族就是三苗的後裔。

臷國民

diè guó mín

ㄉㄧㄝˊ ㄍㄨㄛˊ ㄇㄧㄣˊ

簡介

臷國在三苗國的東面，這個國家的人都是黃色皮膚，能用弓箭射蛇。一說臷國在三毛國的東面。

原典

《山海經．海外南經》：「臷國在其東，其為人黃，能操弓射蛇。一曰臷國在三毛東。」

279

貫匈民

guàn xiōng mín

ㄍㄨㄢˋ ㄒㄩㄥ ㄇㄧㄣˊ

簡介

貫匈國也叫穿胸國，位於載國的東邊，國中之人胸部都有一個洞。還有一種說法是，貫匈國在载國的東面。

原典

《山海經．海外南經》：「貫匈國在其東，其為人匈有竅。一曰在载國東。」

原典

《異域志》中記載，穿胸國在盛海東面，那裡的人天生胸部有個洞。尊者不穿衣服，讓地位低下的人用木頭穿過胸腔的洞，抬著行走。

《博物志》中也有關於穿胸國的故事。據說，大禹王治理洪水時，在會稽召集天下各路諸侯前來商議治水的事情。其他各路諸侯都來了，唯獨防風氏遲到，大禹王很生氣，依照法令，將其斬首。後來，大禹王駕著龍車巡視南方，路過防風氏的部落。防風氏的族人不忘舊仇，非常憤怒，派出兩個防風氏的臣子射殺大禹王。兩支利箭朝著大禹王的心口飛去，這時天空中電閃雷鳴，突然刮起狂風，兩條神龍伸出爪子抓住了利箭。神龍又想去抓兩個大臣，卻被大禹阻止了。兩個臣子見事情失敗，料想不會有什麼好下場，非常害怕，就當場用利刃刺透心臟而死。大禹王見到這個情景，很可憐他們，就拔去插在他們胸中的利刃，並用不死草將他們救活。從此以後，這個部落的人非常敬重大禹，大禹王就賞賜他們一個名字叫「穿胸國」。

280

交脛民

jiāo jìng mín

ㄐㄧㄠ ㄐㄧㄥˋ ㄇㄧㄣˊ

簡介

交脛國在貫匈國的東面，國人的兩條小腿相互交叉。一說交脛國在貫匈國的東面。

原典

《山海經．海外南經》：「交脛國在其東，其為人交脛。一曰在穿匈東。」

典故

交脛國是《淮南子》中所記海外三十六國之一，其國人被稱為交脛民。《太平御覽》記載，交脛民身高四尺。

簡介

不死民位於交脛國的東面，該國的人全身是黑色的，長生不死。還有一種說法，不死民在貫匈國的東面。

原典

《山海經．海外南經》：「不死民在其東，其為人黑色，壽，不死。一曰在穿匈國東。」

典故

《山海經圖贊》記載，有人生活在員丘之上。這裡有紅色的泉水駐年，有神木滋養生命。授予他們長久、沒有完結的壽命。

281

不死民

bù sǐ mín

ㄅㄨˋ ㄙˇ ㄇㄧㄣˊ

282

岐舌民

qí shé mín

ㄑㄧˊ ㄕㄜˊ ㄇㄧㄣˊ

簡介

岐舌國，又被稱作支舌國、反舌國，在不死民的東邊。

原典

《山海經．海外南經》：「岐舌國在其東。一曰在不死民東。」

典故

岐舌國是《淮南子》所記海外三十六國之一，其民稱作反舌民，舌頭倒著生，舌根在唇邊，舌尖向喉嚨生，他們說話只有自己能懂。

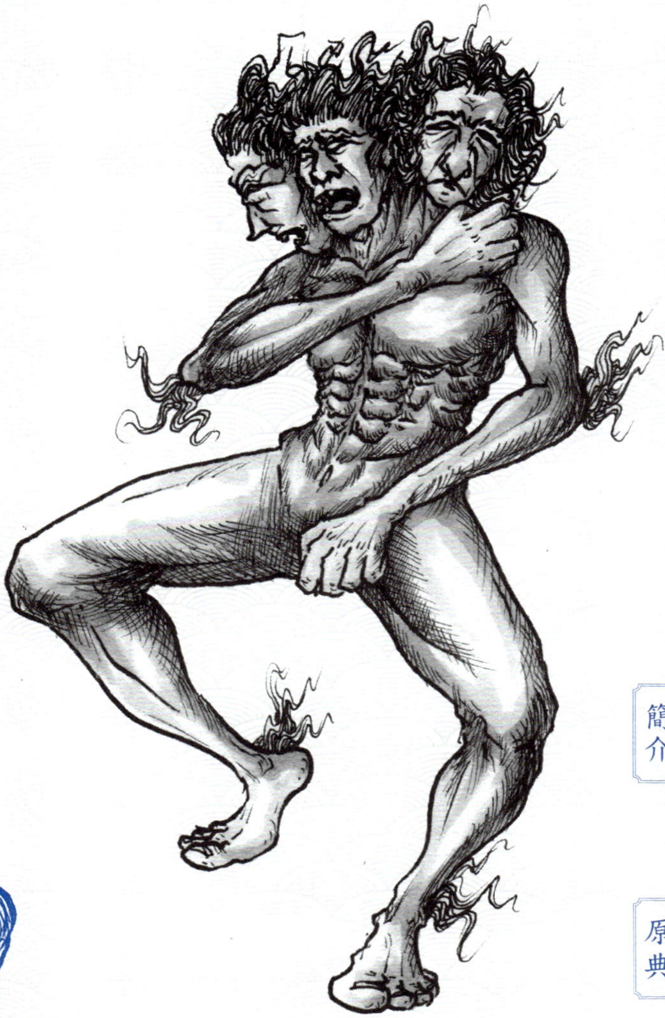

283

三首人

sān shǒu rén

ㄙㄢ ㄕㄡˇ ㄖㄣˊ

簡介 三首人又稱三頭民，居住在壽華之野的東面，該國的人長著一個身子、三個腦袋。還有一種說法，三首國在鑿齒所在地的東邊。

原典 《山海經．海外南經》：「三首國在其東，其為人一身三首。一曰在鑿齒東。」

典故 三首國是《淮南子》所記海外三十六國之一，其民稱作三頭民，一身三首。

《子不語》記載著一個三頭人的故事。康熙年間，有湖州客張氏兄弟三人出門在外，路上想要在一戶人家投宿。只見這家的男子身高一丈多，頸上有三個頭。說話時，男子的三個嘴巴一齊發出聲音，清楚響亮，像是中州人口音。三頭人叫來自己的妹妹為張氏三兄弟燒飯，妹妹應聲而來，也長了三個頭。妹妹對哥哥說：「你們三兄弟中的老大可以長壽，另外兩個兄弟恐怕會遭遇不測。」

張氏三兄弟吃完飯，三頭人折了一根樹枝給他們，說：「可以根據這根樹枝的日影來選擇方向。一路上如果經過廟宇，可以投宿，但千萬不可撞廟宇裡的鐘鼓。」張氏三兄弟聽後就上路了。

隔了一天，三兄弟來到一座古廟歇腳，此時飛來一群烏鴉，俯衝而下企圖啄三兄弟的頭頂。張氏兄弟大怒，撿起地上石子就朝烏鴉投擲，不料誤觸廟中的鐘，響起了鏗鏘的鐘聲，頓時跳出兩個夜叉，捉住兩個弟弟吃掉了，老大則被一頭大黑牛救了。老大逃脫險境，又走了幾十天的路，才回到老家。

284

周饒民

zhōu ráo mín

ㄓㄡ ㄖㄠˊ ㄇㄧㄣˊ

簡介

周饒國也叫焦僥國。「焦僥」和「周僥」都是「侏儒」的轉聲，是身材短小的意思。周饒國位於三首國的東面，國中之人身材矮小，每個人都戴帽束帶。

原典

《山海經．海外南經》：「周饒國在其東，其為人短小，冠帶。一曰焦僥國在三首東。」

典故

郭璞認為周饒民長三尺，在洞穴居住，他們機智靈巧，種植五穀。

簡介

長臂國在周饒國的東邊，國中之人在水中捕魚，左右兩手各抓著一條魚。

原典

《山海經．海外南經》：「長臂國在其東，捕魚水中，兩手各操一魚。一曰在焦僥東，捕魚海中。」

典故

《山海經圖贊》稱長臂民雙臂三尺長。

285

長臂民

chánɡ bì mín

ㄔㄤˊ ㄅㄧˋ ㄇㄧㄣˊ

286

離朱

lí zhū

ㄌㄧˊ ㄓㄨ

簡介

離朱就是神話中的三足鳥，外形與烏鴉相似。

原典

《山海經・海外南經》：「一曰爰有熊、羆、文虎、蜼、豹、離朱、鴟久、視肉、虖交。」

原典

傳說黃帝在赤水之北遊玩，登上崑崙山，卻不慎丟失了玄珠。離朱「能視於百步之外，見秋毫之末」，「察針末於百步之外」，於是黃帝派離朱前去尋找，遺憾的是，離朱並沒有找回玄珠。

287

視肉

shì ròu

ㄕˋ ㄖㄡˋ

簡介

視肉是傳說中的怪獸，形如牛肝，有眼睛，割去牠的肉還可以重新生長出來。

原典

《山海經．海外南經》：「狄山，帝堯葬於陽，帝嚳葬於陰。爰有熊、羆、文虎、蜼、豹、離朱、鴟久、視肉。」

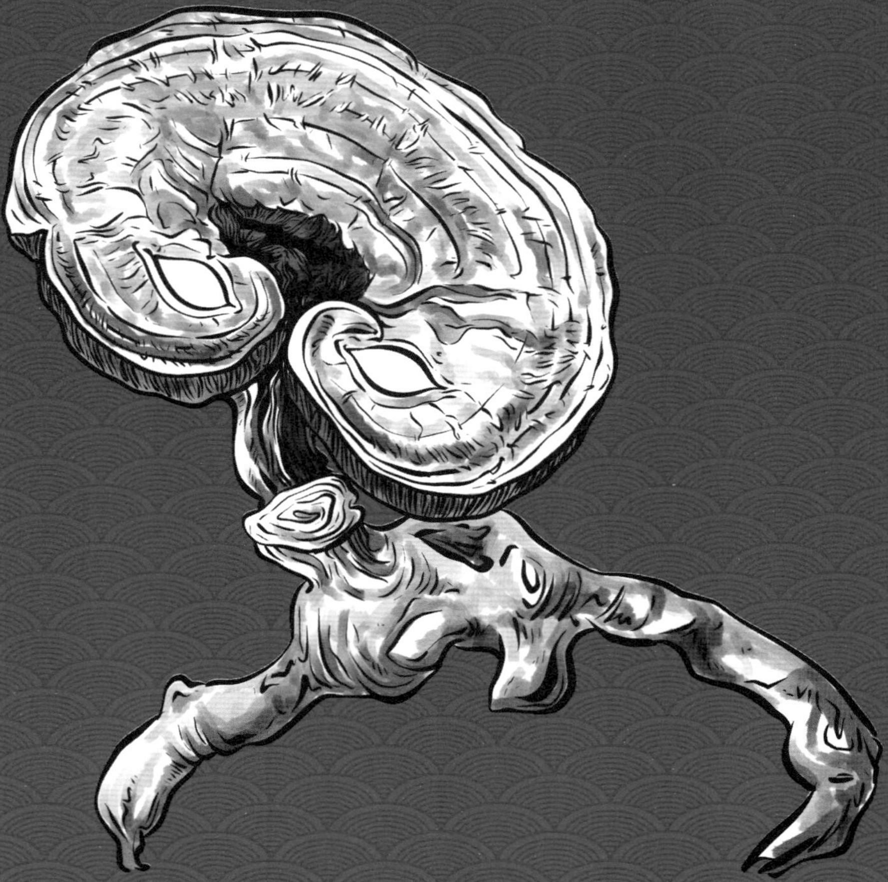

288

鴟久

chī jiǔ

ㄔ ㄐㄧㄡˇ

簡介

鴟久即鵂鷹。

原典

《山海經・海外南經》：「一曰爰有熊、羆、文虎、蜼、豹、離朱、鴟久、視肉、虖交。」

簡介

滅蒙鳥身子呈青色，長有紅色的尾巴。也有人認為滅蒙鳥就是孟鳥。

原典

《山海經．海外西經》：「滅蒙鳥在結匈國北，為鳥青，赤尾。」

典故

帝顓頊有個孫女，名叫修。女修在織布時，有一隻玄鳥生了個卵，女修吃下卵之後，生了個兒子取名大業；大業又娶少典的女兒少華為妻，生了大費；大費再生兩個孩子，一個叫大廉，便是鳥俗氏；另一個叫若木，便是費氏。大廉的玄孫叫孟戲、仲衍，他們的樣子都像鳥，但會說人的語言，因此他們都是滅蒙鳥的國民。

289

滅蒙鳥

ㄇㄧㄝˋ ㄇㄥˊ ㄋㄧㄠˇ

miè méng niǎo

290

夏后啟

xià hòu qǐ

ㄒㄧㄚˋ ㄏㄡˋ ㄑㄧˇ

簡介

夏后啟就是夏朝的開國君主夏啟，大禹的兒子。傳說，夏后啟曾在大樂之野欣賞《九代》歌舞。他乘著兩條龍，周圍有三層雲蓋繚繞；啟左手舉著華蓋，右手拿著玉環，身上佩戴著玉璜。大樂之野位於大運山的北面。一說啟在大遺之野觀看歌舞。

原典

《山海經．海外西經》：「大樂之野，夏后啟於此儛《九代》，乘兩龍，雲蓋三層。左手操翳，右手操環，佩玉璜。在大運山北。一曰大遺之野。」

典故

大禹在外治水期間，其妻塗山氏每日為他送飯。大禹在軒轅山的山崖下架設了一面鼓，和妻子約定，只有他敲了三聲鼓，塗山氏才可以上山送飯。治水時，大禹會變為一隻大黑熊，帶領百姓鑿山開道。有一次，他無意間刨起的小石子不偏不倚打中了山崖下的鼓，塗山氏聽到鼓聲後趕來，卻看到自己的丈夫變成了一頭黑熊，頓時又是吃驚又是羞愧，轉身逃走。她一路跑到了嵩高山下，精疲力竭地倒在路邊，變成了一塊大石頭。後面追上來的禹大聲喊道：「還我兒子！」聽到叫喊，大石便向著北方裂開，從中生出一個小孩，禹便替他取名叫啟。

291

三身民

sān shēn mín

ㄙㄢ ㄕㄣ ㄇㄧㄣˊ

簡介

三身民都是一個腦袋、三個身子。

原典

《山海經．海外西經》：「三身國在夏后啟北，一首而三身。」

典故

傳說，三身民是帝俊的後代。當年帝俊的妻子娥皇所生的孩子就是一首三身，他們的後代繁衍生息，漸漸地形成了三身國。三身民姓姚，以黃米為食，已經能夠用火，並且能馴化驅使虎、豹、熊、羆四種野獸。

292

黃馬

huáng mǎ

ㄏㄨㄤˊ ㄇㄚˇ

簡介

黃馬是一臂民的坐騎，身上長著老虎一樣的斑紋，只有一隻眼睛、一隻手。

原典

《山海經・海外西經》：「有黃馬虎文，一目而一手。」

293

一臂民

yī bì mín

ㄧ ㄅㄧˋ ㄇㄧㄣˊ

簡介

一臂國的國人都只長著一條胳膊、一隻眼睛、一個鼻孔。他們又叫比肩民或半體人，因為他們只有像比翼鳥一樣，兩兩並肩連在一起才能正常行走。

原典

《山海經．海外西經》：「一臂國在其北，一臂、一目、一鼻孔。」

294

奇肱民

qí gōng mín

ㄑㄧˊ ㄍㄨㄥ ㄇㄧㄣˊ

簡介

奇肱民長著一條胳膊、三隻眼睛，眼睛有陰有陽，陰在上而陽在下；陽眼用於白天，陰眼用於夜間，所以他們在夜間也能正常工作，而他們乘坐的是帶有斑紋的馬。

原典

《山海經．海外西經》：「奇肱之國在其北，其人一臂三目，有陰有陽，乘文馬。」

典故

奇肱民手巧，可以做出各種捕鳥的小器具，他們更能製造飛車，而這種飛車造型奇特，做工精緻，能順風遠行。傳說商湯時期，奇肱國的人曾乘坐飛車順風飛行，突然一陣猛烈的西風刮來，把他們的飛車連同人一起吹到了豫州一帶，於是湯王派將士砸壞了他們的車，讓他們不能回去，毀壞的飛車也被藏了起來。然而，這些都難不倒奇肱國人。他們在豫州定居休整，等待時機。十年之後又刮起了東風，他們便又造了一輛飛車，乘坐飛車順著東風飛了回去。

295

刑天

xíng tiān

ㄒㄧㄥˊ ㄊㄧㄢ

簡介

刑天，本作形夭，又作形天，
是中國古代神話傳説中的人物。

原典

《山海經．海外西經》：「刑天與帝爭神，
帝斷其首，葬之常羊之山。乃以乳為目，
以臍為口，操干戚以舞。」

典故

刑天與黃帝爭權，黃帝斬斷刑天的腦袋，並把他埋到常羊山，刑天於是以雙乳作眼睛，以肚臍作嘴，揮舞手中的盾牌和大斧。
傳説，刑天的後代是無首民。他們生活在深山裡，沒有頭部，眼睛長在乳頭處，嘴巴則長在肚臍眼處，還會發出吱吱的聲音來交流。他們會騎馬，會試圖和人類交流，可以説除了沒有頭部外，其他部分幾乎和人類一樣。

296 & 297

女祭女蔑

nǚ jì nǚ miè

ㄋㄩˇ ㄐㄧˋ ㄋㄩˇ ㄇㄧㄝˋ

簡介

祭、蔑是兩個女巫，蔑捧著魚形小酒杯，祭則拿著祭祀時盛肉的用具「俎」，一人捧魚形酒器一人捧祭器，在祭祀神靈。

原典

《山海經．海外西經》：「女祭、女蔑在其北，居兩水間，蔑操魚觛，祭操俎。」

丈夫民

zhàng fū mín

ㄓㄤˋ ㄈㄨ ㄇㄧㄣˊ

簡介

丈夫國位於維鳥棲居之地的北面，國中之人每個人都衣冠整齊，身上佩劍。

原典

《山海經．海外西經》：「丈夫國在維鳥北，其為人衣冠帶劍。」

典故

丈夫國的國民全是男子，沒有女人。他們是怎麼來的呢？傳說，殷帝太戊曾派王孟一行人到西王母所住的地方尋求長生不死藥，他們走到某地斷了糧食，不能再往前走了，只好滯留此地，以野果為食，以樹皮做衣。由於隨行人員中沒有女人，所以人人終身無妻。他們每人都從自己的身體中分離出兩個兒子，也有一種說法認為兒子是從背部的肋骨之間鑽出來的，所以兒子一生下來，父親便立即死去。這些人和他們的兒子從此之後在這裡生根繁衍，久而久之便形成了丈夫國。

簡介

女丑是古代女巫的名字。
傳說，遠古時十個太陽一起出來，將女丑烤死了；其死後雙手掩面。古人認為女丑雖死，但其靈魂不死，常附在活人身上，供人祭祀或行巫事。

原典

《山海經．海外西經》：「女丑之屍，生而十日炙殺之。在丈夫北。以右手鄣其面。十日居上，女丑居山之上。」

典故

《大荒東經》中說：「海內有兩人，名曰女丑。」而《海外西經》記載女丑的死法：女丑被十個太陽炙烤而死，屍體還保持著右手擋面的姿態，直直對著十個太陽。

299

女丑

nǚ chǒu

ㄋㄩˇ ㄔㄡˇ

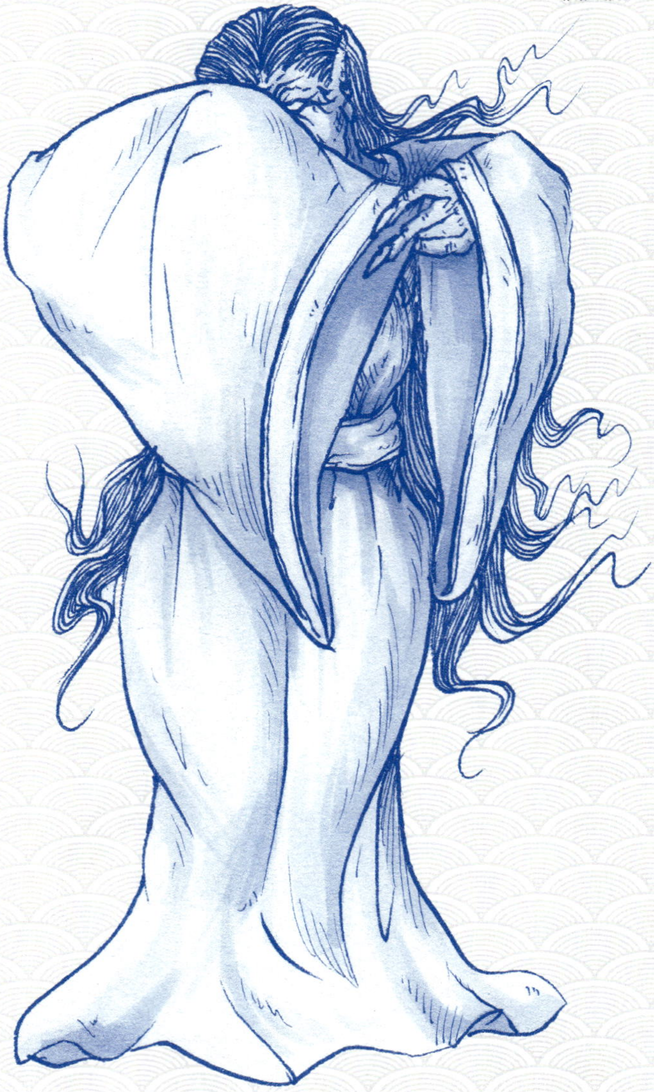

300

巫咸民

wū xián mín

ㄨ ㄒㄧㄢˊ ㄇㄧㄣˊ

簡介

巫咸也是古代神話和歷史典籍中經常出現的名字。傳說巫咸民都是巫師，他們右手拿著青蛇，左手拿著紅蛇。該國有座登葆山，是他們往返於天地之間的地方。

原典

《山海經．海外西經》：「巫咸國在女丑北，右手操青蛇，左手操赤蛇。在登葆山，群巫所從上下也。」

典故

據說，巫峽之名便來源於巫咸。相傳黃帝出戰前，會諸巫咸作筮，來占問凶吉。

301

並封

bìng fēng

ㄅㄧㄥˋ ㄈㄥ

簡介

並封的外形與豬相似，前後各有一個腦袋，周身都呈黑色。

原典

《山海經．海外西經》：「並封在巫咸東，其狀如彘，前後皆有首，黑。」

典故

聞一多先生曾在其《伏羲考》中說：「『並封』、『屏蓬』、『平逢』等名字當作『並逢』。『並』與『逢』都有合意。獸牝牡相合名曰『並逢』，猶人男女私合曰『姘』。」也就是說，雙頭豬的形象實際上是呈現公豬、母豬交合時的模樣。

302

女子國人

nǚ zǐ guó rén

ㄋㄩˇ ㄗˇ ㄍㄨㄛˊ ㄖㄣˊ

簡介

女子國位於巫咸國的北面，這裡住有兩個女子，四周有水環繞。一說她們住在一道門內。

原典

《山海經‧海外西經》：「女子國在巫咸北，兩女子居，水周之。一曰居一門中。」

典故

傳說女子國境內有一眼神奇的泉水，名叫黃池，婦人只需在黃池中沐浴即可懷孕生子。若生下男孩，男孩三歲便會死去；若是女孩，則會長大成人，所以女子國的人都是女人而沒有成年男人。

303

軒轅國人

xuān yuan guó rén

ㄒㄩㄢ ㄩㄢˊ ㄍㄨㄛˊ ㄖㄣˊ

簡介　人面蛇身，尾巴盤繞於頭頂之上，人多長壽，即便不長壽者也能活到八百歲。

原典　《山海經．海外西經》：「軒轅之國在此窮山之際，其不壽者八百歲。在女子國北。人面蛇身，尾交首上。」

典故　傳說，黃帝就是軒轅國人。《博物志》中寫道：「軒轅國，姬姓，其國君曾為統一中原各部之黃帝。」

304

龍魚

lóng yú

ㄌㄨㄥˊ ㄩˊ

簡介

龍魚是神人的坐騎，在山陵中和水中都能居住，其形狀與鯉魚相似，也有說牠的形狀像娃娃魚。

原典

《山海經・海外西經》：「龍魚陵居在其北，狀如狸。一曰鰕。即有神聖乘此以行九野。一曰鱉魚在沃野北，其為魚也如鯉。」

典故

《山海經圖贊》記載，龍魚有一角，長得像鯉，居住在山陵中，等待時機而出，神靈攸乘，飛鶩九座城池，乘雲升天了。

305

肅慎國人

sù shèn guó rén

ㄙㄨˋ ㄕㄣˋ ㄍㄨㄛˊ ㄖㄣˊ

簡介

肅慎國人平時沒有衣服，只把豬皮披在身上，冬天塗上厚厚一層豬油才能抵禦風寒，日子十分艱苦。

原典

《山海經．海外西經》：「肅慎之國在白民北。有樹名曰雒棠，聖人代立，於此取衣。」

典故

《後漢書》說，古肅慎之國位於山林之間，那裡極為寒冷，人們居住在洞穴中，洞穴越深越為尊貴。肅慎國人喜歡養豬，吃牠們的肉，用皮製衣。冬天用豬油厚厚地塗滿身體，以抵禦風寒；夏天就赤身露體，用一尺布遮住了他的前後。他們人數雖少，卻多有勇力，駐紮在山林險要之地，又善於射箭，能瞄準敵人的眼睛。他們所使用的弓長四尺，力如弩；箭用楛，長一尺八寸，青石為箭頭，箭頭都施了毒，中人即死。

306

長股民

ㄔㄤˊ ㄍㄨˇ ㄇㄧㄣˊ

cháng gǔ mín

簡介

長股民也叫長腳國，在雒棠樹生長之地的北面，國中之人都披散著頭髮。

原典

《山海經．海外西經》：「長股之國在雒棠北，被髮。一曰長腳。」

307

白民國人

bái mín guó rén

ㄅㄞˊ ㄇㄧㄣˊ ㄍㄨㄛˊ ㄖㄣˊ

簡介

白民國在龍魚棲息之地的北邊，其國人渾身雪白，披散著頭髮。白民國的人是帝俊之子帝鴻的後代，他們姓銷，以黃米為食物。

原典

《山海經．海外西經》：「白民之國在龍魚北，白身被髮。」

典故

《淮南子》也有關於「白民」的內容，其方位於《海外西經》所記同。明徐應秋在《玉芝堂談薈》中寫道，白民國的人潔白如玉。國都裡沒有五穀，種植玉石當作食物。把玉石和一種特殊的葉子放在一起，玉石就會變得柔軟，便於進食。玉石味道甘甜而爽脆。如果宴請客人，就用甘露浸泡玉屑，過了一會兒就成了美酒；喝上一斗，會醉三年才醒。白民國還有活了上千年的人。

308

無啓民

wú qǐ mín

ㄨˊ ㄑㄧˇ ㄇㄧㄣˊ

簡介

無啓國，又稱無晵國、無綮國、無繼國，其民稱作無啓民。無啓民沒有後代，傳說無啓國的人心臟不會腐朽，他們死後一百二十年又可以重新化成人，所以不需要生育。

原典

《山海經·海外北經》：「無啓之國在長股東，為人無啓。」

典故

無啓國是《淮南子》所記海外三十六國之一，位於北方。唐段成式《酉陽雜俎》中所述的無啓民居住在洞穴，以土為食。這些人死後，心臟不會腐朽，將他們埋入土裡，百年又變成人。無啓民分為兩類，一為錄民，膝蓋不會腐朽，將其埋掉，一百二十年後變成人；一為細民，肝臟不會腐朽，將其埋掉，八年後變成人。

309

一目民

yī mù mín

ㄧ ㄇㄨˋ ㄇㄧㄣˊ

簡介

一目國在鍾山的東面，那裡的人只有一隻眼睛，眼睛長在臉的正中間。

原典

《山海經．海外北經》：「一目國在其東，一目中其面而居。」

典故

一目國是《淮南子》所記海外三十六國之一，其民稱作一目民，一隻眼睛長在臉中央。

310

柔利民

róu lì mín

ㄖㄡˊ ㄌㄧˋ ㄇㄧㄣˊ

311

駮 bó ㄅㄛˊ

簡介　一種吃虎豹的怪馬。

原典　《山海經．海外北經》：「有獸焉，其名曰駮，狀如白馬，鋸牙，食虎豹。」

簡介　柔利國位於一目國的東面，該國之人長有一隻手、一隻腳，膝蓋反著長，腳朝向上方彎曲。一說此國名叫留利國，國中之人的腳向反方向彎折。

原典　《山海經．海外北經》：「柔利國在一目東，為人一手一足，反膝，曲足居上。一云留利之國，人足反折。」

312

深目民

shēn mù mín

ㄕㄣ ㄇㄨˋ ㄇㄧㄣˊ

簡介

深目國在相柳所處之地的東邊，此國之人的眼睛深深地陷在眼眶裡，平日裡總是舉著一隻手，好像在對人打招呼。

原典

《山海經．海外北經》：「深目國在其東，為人深目，舉一手，一曰在共工台東。」

典故

深目國是《淮南子》所記海外三十六國之一，其民被稱作深目民，其樣貌多為一手一眼，以魚為食。《山海經圖贊》說，深目民的眼眶深陷，長得像胡人，但嘴是蜷縮的。他們胸口有洞，長著長腿，聚集在異族當中。

簡介

無腸國位於深目國的東邊，國中之人個子很高，但肚子裡沒有腸子。

原典

《山海經．海外北經》：「無腸之國在深目東，其為人長而無腸。」

313

無腸民

wú cháng mín

ㄨˊ ㄔㄤˊ ㄇㄧㄣˊ

典故

無腸國又稱作無腹國，是《淮南子》所記海外三十六國之一，其民稱作無腸民，腹內無腸，吃什麼都一通到底，為黃帝後裔之一。他們的腹部就像直筒一般，吃了的食物在肚腹之中暢通無阻，不消化就直接排出體外，餐廁合一。食物雖不能停留，但只要在腹中一過就飽，排泄物實際上也還是新鮮的食物，所以那裡的富貴人家都將排泄之物收好，留給僕婢食用，或留給自己下頓再吃。以至於一餐之食，可以一而再，再而三地反覆食用。

314

聶耳民

niè ěr mín

ㄋㄧㄝˋ ㄦˇ ㄇㄧㄣˊ

簡介

聶耳國在無腸國的東邊，國中之人總是用手抓著自己的耳朵，每個人都會驅使兩隻帶有斑紋的老虎。他們孤獨地居住在海水環繞的小島上，到海水中捕捉奇異之物。

原典

《山海經．海外北經》：「聶耳之國在無腸國東，使兩文虎，為人兩手聶其耳。縣居海水中，及水所出入奇物。兩虎在其東。」

典故

郭璞說，聶耳國的耳朵很大，而且下垂，都垂在肩上。《異域志》說，聶耳國在無腹國的東邊，那裡的人和野獸類似。那些人長著老虎一樣的斑紋，耳朵長過腰，行走時雙手捧著耳朵。

315

kuā fù

夸父

ㄎㄨㄚ ㄈㄨˋ

簡介

夸父是中國上古時期神話傳說人物之一，
又名博父、舉父，是炎帝的後裔。

原典

《山海經．海外北經》：「夸父與日逐走，
入日。渴，欲得飲，飲於河渭，河渭不足，
北飲大澤。未至，道渴而死。棄其杖，化為鄧林。」

典故

關於夸父之死，有兩種說法。第一種是夸父不衡量自己的體力，想要追趕上太陽，一直追到禺谷。在那裡，夸父喝光了黃河的水卻還不解渴，準備跑到北方去喝大澤裡的水，還沒到大澤便渴死了。他臨死之前所拋出的拐杖變成了鄧林（鄧林就是桃林），而他自己則變成了一座山。另一種傳說是夸父是被應龍殺死的，應龍在幫黃帝殺了蚩尤以後，又在成都載天山殺死了夸父，而應龍自己則因為神力耗盡上不了天，後來就去南方居住，所以至今南方的雨水特別多。

316

拘癭民

jū yǐng mín

ㄐㄩ ㄧㄥˇ ㄇㄧㄣˊ

簡介

拘癭國也叫利癭國，在禹所積石山的東面，國中之人用一隻手托著頸部的大肉瘤。

原典

《山海經．海外北經》：「拘癭之國在其東，一手把癭。一曰利癭之國。」

典故

拘癭國又稱為利癭國，是《淮南子》所記海外三十六國之一，其民稱作拘癭民，常一手持冠纓。郭璞稱纓宜作癭，癭為一種瘤，多生於頸部，有礙行動，故以手持。

簡介

跂踵國也叫反踵國，在拘癭國的東邊，該國的人兩隻腳腳跟不著地。

原典

《山海經·海外北經》：「跂踵國在拘癭東，其為人兩足皆支。一曰反踵。」

典故

還有一種説法認為，跂踵民的腳反向生長在腿上，如果往南走，留下的足跡就會向著北方，所以又稱反踵民。

317

跂踵民

qí zhǒng mín

ㄑㄧˊ ㄓㄨㄥˇ ㄇㄧㄣˊ

318

táo tú

騊駼

ㄊㄠˊ ㄊㄨˊ

簡介

騊駼是北海之內的一種野馬。

原典

《山海經．海外北經》：「北海內有獸，其狀如馬，名曰騊駼。」

典故

《山海經圖贊》記載，騊駼是一種野馬，產自北域，牠們會用脖子互相摩擦。

319

羅羅

luó luó

ㄌㄨㄛˊ ㄌㄨㄛˊ

簡介

北海內有一種青色野獸，形狀似虎，名叫羅羅。

原典

《山海經．海外北經》：「有青獸焉，狀如虎，名曰羅羅。」

典故

羅羅即烏蠻，是現代彝族的先民。元時，烏蠻諸部仍大多有各自的部名，羅羅則是對他們的統稱。現今雲南的彝族仍稱虎為羅羅，他們是信仰虎圖騰的彝族人，自稱羅羅人。

320

蛩蛩

qióng qióng

ㄑㄩㄥˊ ㄑㄩㄥˊ

簡介

北海之內有一種白色的野獸，形狀與馬相像，名叫蛩蛩。

原典

《山海經．海外北經》：「有素獸焉，狀如馬，名曰蛩蛩。」

321

大人國民

dà rén guó mín

ㄉㄚˋ ㄖㄣˊ ㄍㄨㄛˊ ㄇㄧㄣˊ

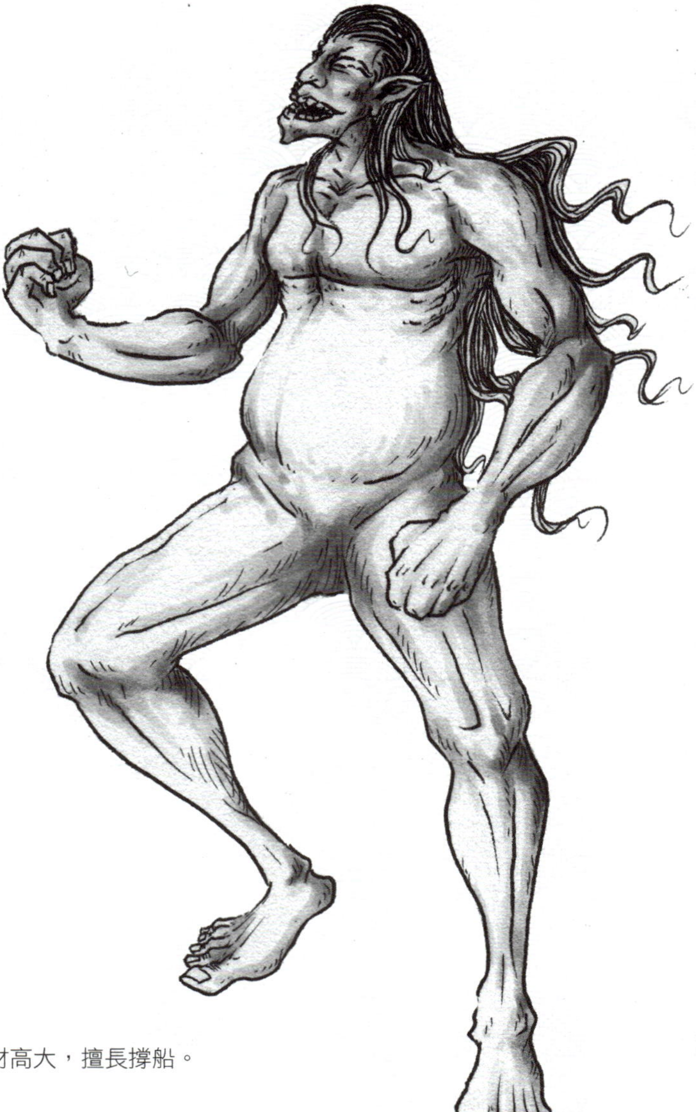

簡介

大人國之人身材高大，擅長撐船。

原典

《山海經・海外東經》：「大人國在其北，為人大，坐而削舡。一曰在䨼丘北。」

典故

大人國是《淮南子》所記海外三十六國之一，其民身材高大，厘姓，以黍為主食。據《博物志》記載，其人要懷孕三十六年，一出生頭髮就已經白得像雪了，身材魁梧得像奇偉的巨人。他們能夠騰雲駕霧飛行，卻不會走路，因為他們是龍的後代。

322

君子國民

jūn zǐ guó mín

ㄐㄩㄣ ㄗˇ ㄍㄨㄛˊ ㄇㄧㄣˊ

簡介

君子國民衣冠整齊，身上佩劍，吃野獸，供驅使的兩隻花斑老虎就在身旁，該國之人喜歡謙讓而不爭鬥。

原典

《山海經．海外東經》：「君子國在其北，衣冠帶劍，食獸，使二文虎在旁，其人好讓不爭。」

典故

據說在君子國中，農民都相互禮讓於田畔，行人都相互禮讓於道路，不管是官員還是百姓，貴族還是貧民，個個言談舉止都彬彬有禮。在他們國家的集市上，賣主力爭要交付上等貨，收低價；而買主則力爭要拿次等貨，付高價，以至於你推我讓，一項交易要經過很長時間才能達成。這個國家的國王還頒布法令，臣民如有進獻珠寶的，除將進獻之物燒毀外，還要處罰臣民。

323

蚩蚩

hóng hóng

ㄏㄨㄥˊ ㄏㄨㄥˊ

簡介

蚩蚩在君子國的北面，各有兩個腦袋。一說蚩蚩位於君子國的北面。

原典

《山海經．海外東經》：「蚩蚩在其北，各有兩首。一曰在君子國北。」

典故

蚩蚩其實就是彩虹，古人認為虹是一種雙首大口吸水的長蟲，橫跨山水，掛在天上，還有雌雄之分，單出名為虹，雌雄雙出名為蜺。

324

黑齒民

ㄏㄟ ㄔˇ ㄇㄧㄣˊ

hēi chǐ mín

簡介

黑齒國在豎亥所處之地的北面，國中人牙齒呈黑色，他們吃稻米和蛇，還有一紅一青兩條蛇經常伴隨其身邊。還有一種說法，黑齒民能驅使蛇，身邊有條紅色的蛇。

原典

《山海經．海外東經》：「黑齒國在其北，為人黑齒，食稻啖蛇，一赤一青，在其旁。一曰在豎亥北，為人黑首，食稻使蛇，其一蛇赤。」

典故

黑齒民族是中國最古老的民族之一，根據朱小豐《古滇國行考》和《古和夷與黑齒史跡初探》等著作中的考證，黑齒在中國五帝時期之初已經是一強盛民族，五帝中著名的帝嚳就是黑齒族人。

325

雨師妾民

yǔ shī qiè mín

ㄩˇ ㄕ ㄑㄧㄝˋ ㄇㄧㄣˊ

簡介

雨師妾國在湯谷的北邊，該國的人全身皮膚呈黑色，左右兩隻手各握著一條蛇，左邊耳朵上有一條青蛇，右邊耳朵上有一條紅蛇。還有一種說法，雨師妾民兩手拿的不是蛇，而是龜。

原典

《山海經．海外東經》：「雨師妾在其北，其為人黑，兩手各操一蛇，左耳有青蛇，右耳有赤蛇。一曰在十日北，為人黑身人面，各操一龜。」

326

玄股民

xuán gǔ mín

ㄒㄩㄢˊ ㄍㄨˇ ㄇㄧㄣˊ

簡介

玄股民的大腿是黑色的，穿魚皮做的衣服，以鷗鳥為食，有兩隻鳥一左一右在他們身邊聽候使喚。

原典

《山海經．海外東經》：「玄股之國在其北，其為人股黑，衣魚食鷗，使兩鳥夾之。一曰在雨師妾北。」

典故

玄股國又稱作元股國，是《淮南子》所記海外三十六國之一，位於北方，是水中之國，其民稱作玄股民，從腰以下整條腿都是黑的，居住在水邊，以魚皮為衣，食黍穀，也以水鷗為食，鳥為夥伴與僕役。

327

毛民

máo mín

ㄇㄠˊ ㄇㄧㄣˊ

簡介

毛民國位於玄股國的北邊，國中之人渾身長毛。一説毛民國在玄股國的北面。

原典

《山海經．海外東經》：「毛民之國在其北，為人身生毛。一曰在玄股北。」

典故

毛民國是《淮南子》所記海外三十六國之一，位在大海洲島上，離臨海郡東南兩千里，其民稱作毛民，身材矮小，不穿衣服，全身長滿像箭鏃般的硬毛，住在山洞裡，依姓，是大禹的後裔。

傳説，東晉年間，吳郡司鹽都尉戴逢在海邊航行時得到一條小船，船上有男女共四個人，全都身材矮小，渾身都長著硬毛，就像豪豬一樣。因為語言不通，戴逢便把他們送往丞相府，但在半路上，四個人死了三個，只剩一個男的還活著。當地官府賜給他一個女人讓他們成親，他們後來還生了一個兒子。他在中原住了很多年後，才漸漸懂得他人説話，時常向別人說他來自毛民國。

328

勞民

láo mín

ㄌㄠˊ ㄇㄧㄣˊ

簡介

勞民也稱教民，全身皆為黑色，以野果、野草為食。他們每個人身邊都有一隻鳥供他們召喚，這鳥只有一個身子卻長著兩個頭。

原典

《山海經．海外東經》：「勞民國在其北，其為人黑，食草果實。有一鳥兩頭。或曰教民。一曰在毛民北，為人面目手足盡黑。」

典故

勞民國是《淮南子》所記海外三十六國之一，其民稱作勞民，以食用果草實維生，身邊有一隻兩頭鳥做伴，其人特徵為手足面部皆黑。

329

bó lǜ mín

伯慮民

ㄅㄛˊ ㄌㄩˋ ㄇㄧㄣˊ

簡介

伯慮國也叫相慮國。伯慮國的人一生之中最怕睡覺，生怕一睡不醒，送了性命，因此就日夜愁眠。

原典

《山海經．海內南經》：「伯慮國、離耳國、雕題國、北朐國皆在郁水南。郁水出湘陵南海。一曰相慮。」

典故

傳說，伯慮國向來沒有被子、枕頭，就算有床，也是為短暫歇息而設，從來不用於睡覺，以至於該國國民終年昏昏沉沉，勉強支持。往往有人盡力堅持精神，數年沒有睡覺，到最後精神疲憊，再也撐不下去，便一覺睡去，任憑他人百般呼喚也不能醒。其親屬見狀悲哭，以為他就此睡死，不再醒來，而睡覺的人往往要等到好幾個月後才能睡醒。其親友知道他睡醒時，都趕來慶賀，以為他死裡逃生。

伯慮國的人越是怕睡，就越是精神萎靡，一睡不醒的人往往就更多；反過來睡死的人越多，人們就越怕睡眠，如此就形成了惡性循環，正所謂「杞人憂天，伯慮愁眠」。

330

雕題民

diāo tí mín

ㄉㄧㄠ ㄊㄧˊ ㄇㄧㄣˊ

簡介

雕題民有奇特的習慣，他們都在臉上文黑色的花紋，在身上畫魚鱗般的圖案，以致有人把他們看成魚。雕題國所有的女子成年之後，都會特別在額頭刺上細花紋表明身分，因此，雕題國的女子也叫刺面女。

原典

《山海經．海內南經》：「伯慮國、離耳國、雕題國、北朐國皆在郁水南。」

331

梟陽民

xiāo yang mín

ㄒㄧㄠ ㄧㄤˊ ㄇㄧㄣˊ

簡介

梟陽國位於北朐國的西邊，這個國家的人長著人的臉，嘴唇非常長，身體呈黑色，身上有毛，腳跟反長，見到別人笑也跟著笑，左手握著竹管。

原典

《山海經・海內南經》：「梟陽國在北朐之西。其為人人面長唇，黑身有毛，反踵，見人笑亦笑，左手操管。」

典故

有人認為梟陽是介於人和獸之間的一種野人，《淮南子・泛論訓》中也說：「梟陽，山精也。」

332

兕 sì ㄙˋ

簡介

兕是一種像牛的野獸，通體青黑色，長著一隻角。

原典

《山海經・海外南經》：「兕在舜葬東，湘水南，其狀如牛，蒼黑，一角。」

典故

兕指犀牛一類的獸名，一說指雌犀牛。郭璞說，兕長得像青牛，牠的一隻角就重達三十斤。《開元占經》中說，兕知道是非善惡，掌權者在訟案上不偏私，這種野獸才會現世。

333

氐人

dī rén

ㄉㄧ ㄖㄣˊ

簡介

氐人國在建木生長之地的西邊，該國的人人面魚身，沒有腳。

原典

《山海經．海內南經》：「氐人國在建木西，其為人人面而魚身，無足。」

典故

氐人國與傳說中鮫人形象相似，根據郭璞的注釋，氐人胸以上是人，胸以下是魚。

334

旄馬

máo mǎ

ㄇㄠˊ ㄇㄚˇ

簡介

旄馬的外形與馬相似，四條腿的關節處都長著毛；居住在巴蛇棲息之地的西北邊、高山的南邊。

原典

《山海經．海內南經》：「旄馬，其狀如馬，四節有毛。在巴蛇西北、高山南。」

335

天神窫窳

tiān shén yà yǔ

ㄊㄧㄢ ㄕㄣˊ ㄧㄚˋ ㄩˇ

簡介

一位天神，被貳負與危殺死。

原典

《山海經．海內西經》：「貳負之臣曰危，危與貳負殺窫窳。」

簡介

三頭人長著三顆腦袋，負責守衛琅玕神樹。

原典

《山海經．海內西經》：「服常樹，其上有三頭人，伺琅玕樹。」

典故

傳說，琅玕樹是專門為鳳凰而生的，為的是提供鳳凰食物。三頭人名叫離珠，是黃帝時候的明目者。因為琅玕樹異常珍貴，黃帝特地派他日夜守護。他忠於職守，每天用三個頭上的六隻眼睛輪流看守，一刻不敢疏忽。每當鳳凰飛來，他便採下琅玕，遞給鳳凰吃。

336

三頭人

sān tóu rén

ㄙㄢ ㄊㄡˊ ㄖㄣˊ

337

樹鳥

shù niǎo

ㄕㄨˋ ㄋㄧㄠˇ

簡介

傳說中的一種鳥，在開明獸棲息之地的南邊，長著六個腦袋。

原典

《山海經・海內西經》：「開明南有樹鳥，六首。」

338

孟鳥

mèng niǎo

ㄇㄥˋ ㄋㄧㄠˇ

339

大行伯

dà xíng bó

ㄉㄚˋ ㄒㄧㄥˊ ㄅㄛˊ

簡介

有個人名叫大行伯，手中拿著戈。

原典

《山海經．海內北經》：「有人曰大行伯，把戈。」

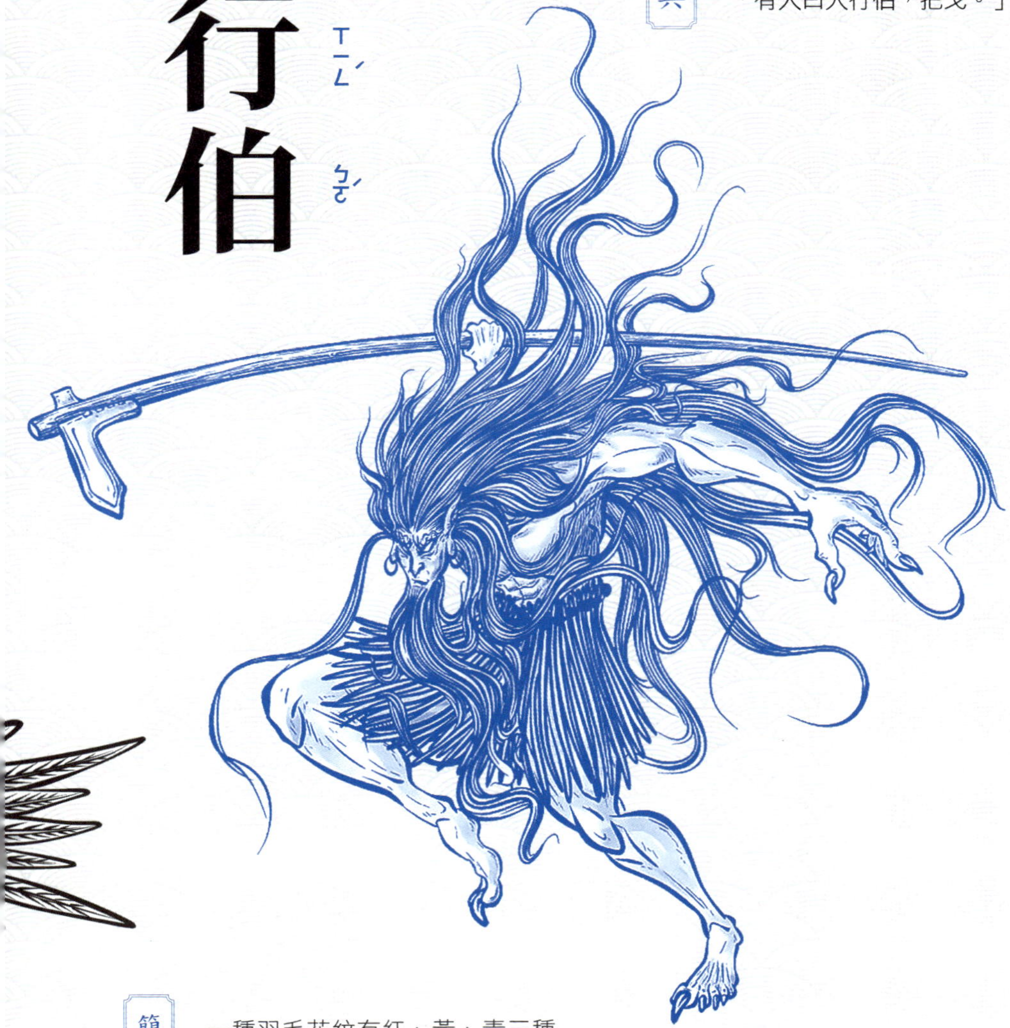

簡介

一種羽毛花紋有紅、黃、青三種顏色的鳥。

原典

《山海經．海內西經》：「孟鳥在貊國東北。其鳥文赤，黃、青，東鄉。」

340

鬼國民

guǐ guó mín

ㄍㄨㄟˇ ㄍㄨㄛˊ ㄇㄧㄣˊ

簡介

鬼國在貳負的屍體所在之地的北面，該國之人長著人臉，但只有一隻眼睛。還有一種說法，鬼國民人面蛇身。

原典

《山海經．海內北經》：「鬼國在貳負之屍北，為物人面而一目。一曰貳負神在其東，為物人面蛇身。」

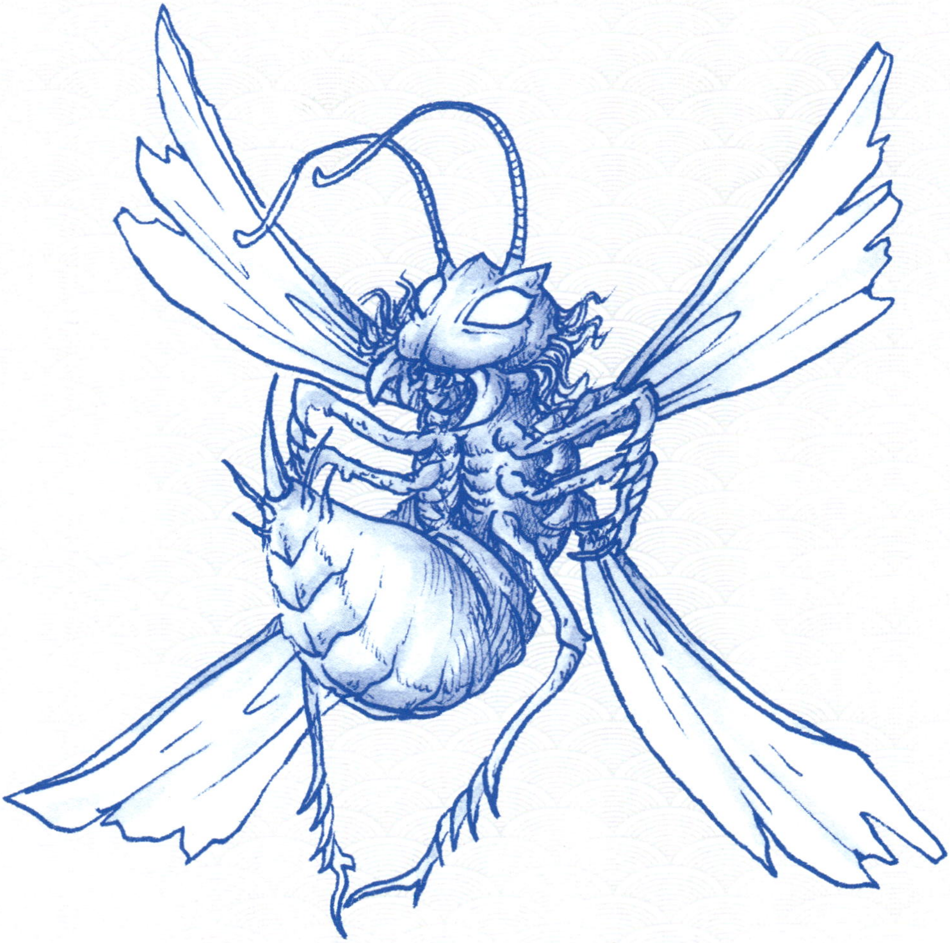

341

大蜂

dà fēng

ㄉㄚˋ ㄈㄥ

簡介

有一種大蜂，形狀與螽斯相似。

原典

《山海經．海內北經》：「大蜂，其狀如螽。」

342

朱蛾

zhū é

ㄓㄨ ㄜˊ

簡介

朱蛾是紅色的大螞蟻。

原典

《山海經．海內北經》：
「朱蛾，其狀如蛾。」

343

蟜

qiáo

ㄑㄧㄠˊ

簡介

蟜是傳說中長著虎一樣斑紋的野人，小腿肚肌肉強健，居住在窮奇居住之地的東面。還有一種說法，蟜形狀與人相似，是崑崙山北邊特有的人種。

原典

《山海經．海內北經》：「蟜，其為人虎文，脛有䏿。在窮奇東。一曰狀如人，崑崙虛北所有。」

344

闒非

tà fēi

ㄊㄚˋ ㄈㄟ

簡介

闒非是一種人面獸身，渾身青色的野獸。

原典

《山海經．海內北經》：「闒非，人面而獸身，青色。」

345

環狗

huán gǒu

ㄏㄨㄢˊ ㄍㄡˇ

簡介

環狗長著野獸一樣的頭，人一樣的身子。還有一種說法，環狗形狀既像刺蝟，又像狗，全身皆為黃色。

原典

《山海經．海內北經》：「環狗，其為人獸首人身。一曰蝟狀如狗，黃色。」

346

袜 mèi ㄇㄟˋ

簡介

袜長著人一樣的身子，腦袋是黑色的，眼睛豎著長。

原典

《山海經・海內北經》：「袜，其為物人身、黑首、從目。」

347

róng

戎

ㄖㄨㄥˊ

簡介

戎族中的人，長著人一樣的腦袋，腦袋上長著三隻角。

原典

《山海經 · 海內北經》：「戎，其為人人首三角。」

348

王子夜尸

wáng zǐ yè shī

ㄨㄤˊ ㄗˇ ㄧㄝˋ ㄕ

簡介

王子夜就是王亥，是司人間畜牧之神。王亥開創了商業貿易的先河，久而久之人們就把從事貿易活動的商部落人稱為「商人」，把用於交換的物品叫「商品」，把商人從事的職業叫「商業」，成了現今商業用詞的來源。

原典

《山海經．海內北經》：「王子夜之尸，兩手、兩股、胸、首、齒，皆斷異處。」

典故

一日，王亥與其弟王恒在有易國做客，受到有易國君綿臣的熱情招待，酒席間，王亥雙手持盾起舞，舞得十分精彩，竟引起了綿臣妻子的愛慕。王亥與王妃發生了淫亂之事，讓綿臣十分生氣，他將王亥殺死，並將屍首肢解，分散各地。後來殷商君主微為王亥報仇，滅掉了有易國，殺死了國君綿臣。

349

大蟹

dà xiè

ㄉㄚˋ ㄒㄧㄝˋ

簡介

大蟹是女丑的坐騎，有千里之大，單一只螯就有山一般大。

原典

《山海經・海內東經》：「大蟹在海中。」

典故

大蟹生活在海裡，據説這種大蟹身廣千里，舉起的螯比山還高，所以牠只能生活在水中。傳說，有人曾經在海裡航行，看到一個小島，島上樹木茂盛，於是便下船上岸，在水邊生火做飯。飯才做了一半，就看見島上森林已經淹沒在水中，於是他急忙砍斷纜繩上船，划到遠處才看清。原來，剛才的島是一個巨大的螃蟹，森林就長在牠的背上，可能是生火的時候誤將牠灼傷，才迫使牠現身。

350

ling yú

陵魚

ㄌㄧㄥˊ ㄩˊ

簡介

陵魚是古代神話傳說中的一種人魚。長著人一樣的臉，有手有腳，魚一樣的身子，生活在大海裡。

原典

《山海經．海內東經》：「陵魚人面，手足，魚身，在海中。」

原典

宋太宗時，有一個叫查道的人出使高麗，晚上船泊在一山邊，望見沙灘上有一婦人，頭髮蓬鬆，穿著紅裙子，袒露兩臂，肘下有鬣。船夫不知道是什麼，查道說：「那是人魚也。」

351

dà biān

大鯾

ㄉㄚˋ ㄅㄧㄢ

簡介

大鯾，鯾同「鯿」，也就是鯿魚。

原典

《山海經．海內北經》：「大鯾居海中。」

352

sān zú wū

三足烏

ㄙㄢ ㄗㄨˊ ㄨ

簡介

三足烏樣子像烏鴉，有三隻爪子。牠有雙重身分，除了與九尾狐、三青鳥一起作為西王母的侍者外，同時還是太陽鳥，承擔著載日的職責。

原典

《山海經．大荒東經》：「湯谷上有扶木，一日方至，一日方出，皆載於烏。」

353

靖人

jìng rén

ㄐㄧㄥˋ ㄖㄣˊ

簡介

靖人，就是體型很小的一種人。

原典

《山海經．大荒東經》：「有小人國，名靖人。」

典故

《說文》中說：「靖，細貌。」靖有細小之義，所以靖人就是小人。有很多小人的傳說故事，《西域圖志》記載，烏魯木齊的大山深處有個紅柳孩，每當紅柳開花之際，他就會出現在紅柳樹上，摘柳條做帽子。他長得像極為罕見的靈長類動物，只有六十公分左右，人要是抓住了他，他會絕食反抗。

《神異經》也有一個關於小人的故事：西北荒中有一種體形矮小的人，高一寸，男的穿著紅衣黑冠，乘坐大型的馬車，以此增加威嚴的儀態。人吃了他，終生不會被蟲子咬，並且可以知道萬物的名字。

354

犁䰛尸

lí líng shī

ㄌㄧˊ ㄌㄧㄥˊ ㄕ

簡介

有一位神，他長著人一樣的臉、獸一樣的身子，名叫犁䰛之尸。

原典

《山海經．大荒東經》：「有神，人面獸身，名曰犁䰛之尸。」

355

中容國民

zhōng róng guó mín

ㄓㄨㄥ ㄖㄨㄥˊ ㄍㄨㄛˊ ㄇㄧㄣˊ

簡介

中容國民是帝俊之子中容的後裔，他們平時吃野獸的肉和樹木的果實。中容國的人能馴化驅使四種豹、虎、熊、羆野獸。

原典

《山海經．大荒東經》：「有中容之國。帝俊生中容，中容人食獸、木實，使四鳥：豹、虎、熊、羆。」

356

禺虢

yú hào

ㄩˊ ㄏㄠˋ

簡介

禺虢是黃帝之子，東海海神，長著人面鳥身，用兩條黃蛇做耳飾，腳下還踩著兩條黃蛇。

原典

《山海經．大荒東經》：「東海之渚中，有神，人面鳥身，珥兩黃蛇，踐兩黃蛇，名曰禺虢。黃帝生禺虢，禺虢生禺京。禺京處北海，禺虢處東海，是為海神。」

357

奢比尸

shē bǐ shī

ㄕㄜ ㄅㄧˇ ㄕ

簡介

天神奢比尸長著獸一樣的身子、人一樣的臉，耳朵大大的，且以兩條青蛇做耳飾。

原典

《山海經．大荒東經》：「有神，人面、犬耳、獸身，珥兩青蛇，名曰奢比尸。」

典故

《朱子．語錄》中記載，有一位叫奢比的僧人，是黃帝七輔之一。有人猜測，奢比尸便是這位輔臣死後所化。

青馬和騅

qīng mǎ hé zhuī

ㄑㄧㄥ ㄇㄚˇ ㄏㄜˊ ㄓㄨㄟ

簡介

青馬，一種青色的駿馬，生活在東北方向的海外。騅是一種毛色青白間雜的馬。

原典

《山海經．大荒東經》：「東北海外，又有三青馬、三騅、甘華。」

360

wáng hài

王亥

ㄨㄤˊ ㄏㄞˋ

簡介

王亥是殷民族的高祖，是畜牧之神，以擅長訓養牛著稱。

原典

《山海經·大荒東經》：「有人曰王亥，兩手操鳥，方食其頭。」

361

chù tī

䟣踢

ㄔㄨˋ ㄊㄧ

簡介

跊踼是左右兩邊各長一個腦袋。

原典

《山海經・大荒南經》：「南海之外，赤水之西，流沙之東，有獸，左右有首，名曰跊踼。」

362

雙雙

shuāng shuāng

ㄕㄨㄤ ㄕㄨㄤ

簡介

雙雙是三隻青獸合在一起的一種野獸。

原典

《山海經・大荒南經》：「有三青獸相並，名曰雙雙。」

363

離俞

lí yú

ㄌㄧˊ ㄩˊ

簡介

離俞，一種禽鳥。

原典

《山海經．大荒南經》：「爰有文貝、離俞、鴟久、鷹、賈、委維、熊、羆、象、虎、豹、狼、視肉。」

364

不廷胡余

bù tíng hú yú

ㄅㄨˋ ㄊㄧㄥˊ ㄏㄨˊ ㄩˊ

簡介

不廷胡余是南海某島上的一位神，祂長著人一樣的臉，以兩條青蛇做耳飾，腳下踩著兩條赤蛇。

原典

《山海經．大荒南經》：「南海渚中，有神，人面，珥兩青蛇，踐兩赤蛇，曰不廷胡余。」

365 季厘

jì lí ㄐㄧˋ ㄌㄧˊ

簡介

季厘，帝俊之子，其後裔所在的國家叫季厘國。

原典

《山海經．大荒南經》：「有人食獸，曰季厘。帝俊生季厘，故曰季厘之國。」

366 委維

wěi wéi ㄨㄟˇ ㄨㄟˊ

簡介

傳說委維就是延維，是水澤之神。

原典

《山海經．大荒南經》：「爰有文貝、離俞、鴟久、鷹、賈、委維、熊、羆、象、虎、豹、狼、視肉。」

367

yù rén

蜮人

ㄩˋ ㄖㄣˊ

簡介

蜮山有個蜮民國，這個國家的人以桑為姓，以黍為食，用箭射殺蜮來作為食物，所以也被稱為蜮人。蜮人還會拉弓射黃蛇。

原典

《山海經．大荒南經》：「有蜮山者，有蜮民之國，桑姓，食黍，射蜮是食。有人方扜弓射黃蛇，名曰蜮人。」

368

祖狀尸

zǔ zhuàng shī

ㄗㄨˇ ㄓㄨㄤˋ ㄕ

簡介

祖狀之尸是人虎同體的天神被殺之後所化，其神容為方齒虎尾。

原典

《山海經．大荒南經》：「有人方齒虎尾，名曰祖狀之尸。」

典故

祖狀尸，屬尸象，指的是天神被殺後其靈魂不死，並以屍的形態繼續活動。

369

zhāng hóng

張弘

ㄓㄤ ㄏㄨㄥˊ

簡介

有個名叫張弘的人，他正在海上捕魚。海中有一個張弘國，國人以魚為食，能夠驅使四種野獸。

原典

《山海經．大荒南經》：「有人名曰張弘，在海上捕魚。海中有張弘之國，食魚，使四鳥。」

370

卵民

luǎn mín

ㄌㄨㄢˇ ㄇㄧㄣˊ

簡介

卵民都產卵，而且都是從卵中孵化生出的。

原典

《山海經．大荒南經》：「有卵民之國，其民皆生卵。」

371

菌人

jùn rén

ㄐㄩㄣˋ ㄖㄣˊ

簡介

菌人是一種身材異常矮小的人。

原典

《山海經．大荒南經》：「有小人，名曰菌人。」

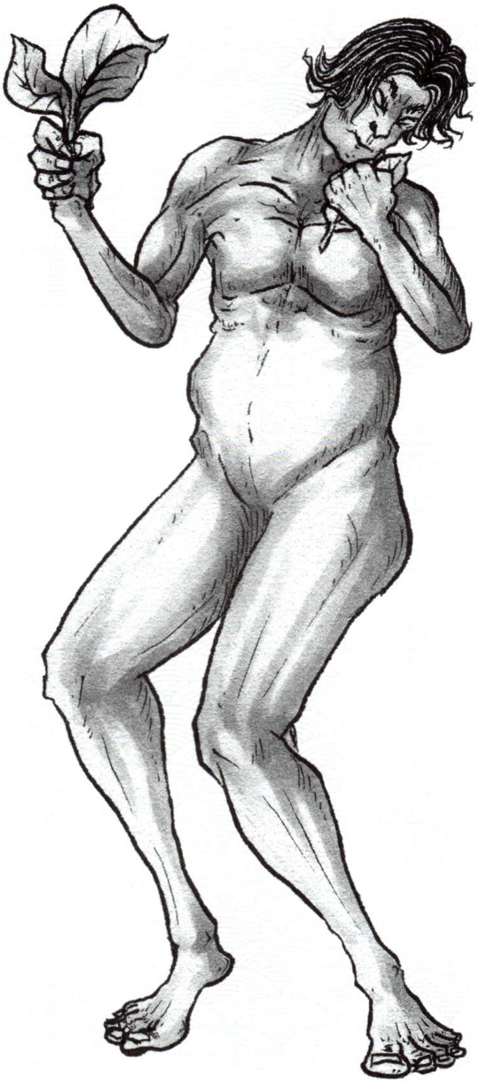

372

盈民

yíng mín

ㄧㄥˊ ㄇㄧㄣˊ

簡介

盈民國的國民都姓於，以黃米飯為食。

原典

《山海經．大荒南經》：「有盈民之國，於姓，黍食。又有人方食木葉。」

373

十巫

shí wū ㄕˊ ㄨ

簡介

靈山十巫，即巫咸、巫即、巫朌、巫彭、巫姑、巫真、巫禮、巫抵、巫謝、巫羅這十位巫師。他們從靈山升到天庭或是下到人間，這裡是各種各樣的草藥生長的地方。

原典

《山海經．大荒西經》：「有靈山，巫咸、巫即、巫朌、巫彭、巫姑、巫真、巫禮、巫抵、巫謝、巫羅十巫，從此升降，百藥爰在。」

374

鳴鳥

míng niǎo

ㄇㄧㄥˊ ㄋㄧㄠˇ

簡介

鳴鳥是一種五彩斑斕的鳥，有人認為鳴鳥是鳳凰一類的鳥。

原典

《山海經・大荒西經》：「有弇州之山，五采之鳥仰天，名曰鳴鳥。爰有百樂歌儛之風。」

375

yǎn zī

弇茲

ㄧㄢˇ ㄗ

簡介

弇茲，西海小洲中的一位神，長著人面鳥身，他以兩條青蛇作耳飾，腳踏兩條赤蛇。

原典

《山海經．大荒西經》：「西海陼中，有神，人面鳥身，珥兩青蛇，踐兩赤蛇，名曰弇茲。」

376

先民人

xiān mín rén

ㄒㄧㄢ ㄇㄧㄣˊ ㄖㄣˊ

簡介

先民人居住在西北海以外，赤水的西岸。他們吃穀米，能馴化、驅使四種野獸。

原典

《山海經．大荒西經》：「西北海之外，赤水之西，有先民之國，食穀，使四鳥。」

377

崑崙神

kūn lún shén

ㄎㄨㄣ ㄌㄨㄣˊ ㄕㄣˊ

簡介

居住在崑崙山上的神靈，長著人的面孔、老虎的身子，尾巴上盡是白色斑點。

原典

《山海經·大荒西經》：「有神，人面虎身，有文有尾，皆白，處之。」

378

互人

hù rén

ㄏㄨˋ ㄖㄣˊ

簡介

炎帝的孫子名叫靈恝，靈恝生了互人，能乘雲駕霧上下於天。

原典

《山海經・大荒西經》：「炎帝孫名曰靈恝，靈恝生互人，是能上下於天。」

379

北狄國民

běi dí guó mín

ㄅㄟˇ ㄉㄧˊ ㄍㄨㄛˊ ㄇㄧㄣˊ

簡介　北狄國民是始均的後代子孫，而始均是黃帝的孫子始。

原典　《山海經．大荒西經》：「有北狄之國。黃帝之孫曰始均，始均生北狄。」

380

䴙鳥

chù niǎo

ㄔㄨˋ ㄋㄧㄠˇ

簡介

一種六頭怪鳥，身子是黃色的，爪子是紅色的。

原典

《山海經．大荒西經》：「有青鳥，身黃，赤足，六首，名曰䴙鳥。」

381

噓

xū ㄒㄩ

簡介

噓長著人一樣的臉，沒有手臂，兩隻腳反轉著生在頭上，是一位外形怪異的神。

原典

《山海經．大荒西經》：「有神，人面無臂，兩足反屬於頭上，名曰噓。」

382

tiān yú

天虞

ㄊㄧㄢ ㄩˊ

簡介

有一個名叫天虞的人，其兩邊胳膊反向生長。

原典

《山海經・大荒西經》：「有人反臂，名曰天虞。」

典故

《山海經》中有一個神叫天吳，有學者認為天吳、天虞應該是同一人。清代學者劉寶楠說，在古代，「虞」和「吳」可以通用，比如《論語・微子》中曾提到有個人叫「虞仲」，其實就是吳仲。另一個證明天虞和天吳為同一人的證據是：根據《山海經》記載，不同山的山神要用不同的物品來祭祀，而天虞和天吳所用的都是白狗。

383

五色鳥

wǔ sè niǎo

ㄨˇ ㄙㄜˋ ㄋㄧㄠˇ

簡介

五色鳥是玄丹山一種五彩斑斕的鳥，牠長著人一樣的臉，頭上長著髮。

原典

《山海經．大荒西經》：「有五色之鳥，人面有髮。」

典故

據說，東漢名臣楊震死後，還沒下葬時，有一隻高一丈多的五色大鳥從天飛下，到楊震的棺木前，豎起頭髮發出悲鳴，淚水滴到地上。直到下葬那天，五色鳥才沖天飛走。

384

屏蓬

píng péng

ㄆㄧㄥˊ ㄆㄥˊ

簡介

屏蓬是一種怪獸，身體的左右兩側各長著一個腦袋。

原典

《山海經．大荒西經》：「有獸，左右有首，名曰屏蓬。」

典故

聞一多先生曾在其《伏羲考》中說：「『並封』、『屏蓬』、『平逢』等名字當作『並逢』。『並』與『逢』都有合意。獸牝牡相合名曰『並逢』，猶人男女私合曰『姘』。」

同並封的解說，這隻雙頭獸的形象實際上是呈現了公獸、母獸交合時的模樣。

385

黃姖

huáng jù

ㄏㄨㄤˊ ㄐㄩˋ

簡介

黃姖尸，應當是神名或巫名，如奢比尸、女丑尸。

原典

《山海經·大荒西經》：「有金門之山，有人名曰黃姖之尸。」

386

白鳥

bái niǎo

ㄅㄞˊ ㄋㄧㄠˇ

簡介

白鳥長著青色的翅膀、黃色的尾巴和黑色的嘴。

原典

《山海經．大荒西經》：「有白鳥，青翼、黃尾、玄喙。」

典故

從前，漢武帝曾登齊郡山時，得到一只五寸長的玉匣。漢武帝下山時，玉匣忽然變成一隻白鳥飛走了。人們傳說，這座山上有王母娘娘的一只藥匣，派白鳥常年守著它。

387

夏耕

xià gēng

ㄒㄧㄚˋ ㄍㄥ

簡介

夏耕是夏朝最後一個君主桀手下的一員大將，當年成湯在章山討伐夏桀，打敗了夏桀，並親手斬下了夏耕的頭。

原典

《山海經．大荒西經》：「有人無首，操戈盾立，名曰夏耕之尸。故成湯伐夏桀於章山，克之，斬耕厥前。耕既立，無首，厥咎，乃降於巫山。」

典故

成湯在章山討伐夏桀，成功打敗夏桀後，當著他的面砍下了夏耕的腦袋。由於夏耕衝在最前頭，他被斬首後並沒有立刻倒下去。儘管失去了頭，他的靈魂仍然不死，許久之後他才發覺沒了腦袋，為逃避罪責，於是流竄到了巫山之中。

388

壽麻

ㄕㄡˋ ㄇㄚˊ

shòu má

簡介

壽麻，也叫壽麋，據說他在太陽底下立正不會出現影子，大聲叫喊也不會有聲音。

原典

《山海經．大荒西經》：「南嶽娶州山女，名曰女虔。女虔生季格，季格生壽麻。壽麻正立無景，疾呼無響。」

典故

壽麻站著的時候沒有影子，而且移動時速度極快，沒有聲響。《玉函山房輯佚書．地鏡圖》中說，這種能在日月中行走，又沒有影子的人是神仙。

389

sān miàn rén

三面人

ㄙㄢ ㄇㄧㄢˋ ㄖㄣˊ

簡介

三面人長著三張臉，是顓頊的後代，有三張臉、一條手臂，這種三面人永遠不會死，而他們在的地方就是所謂的大荒之野。

原典

《山海經．大荒西經》：「有人焉，三面，是顓頊之子，三面一臂，三面之人不死，是謂大荒之野。」

典故

郭璞說，三面人是一顆頭的三邊各有一張面孔。

390

魚婦

yú fù

ㄩˊ ㄈㄨˋ

簡介

有一種半邊身子乾枯的魚，名叫魚婦。大風從北方吹來，天上便下起像泉湧一樣大的雨，蛇化魚成為魚婦，顓頊就是借著這種魚死而復生。

原典

《山海經．大荒西經》：「有魚偏枯，名曰魚婦，顓頊死即復甦。風道北來，天乃大水泉，蛇乃化為魚，是為魚婦。顓頊死即復甦。」

391

青丘狐

ㄑㄧㄥ ㄑㄧㄡ ㄏㄨˊ

qīng qiū hú

簡介　有個國家叫青丘國，青丘國有一種狐狸，長著九條尾巴。

原典　《山海經・大荒東經》：「有青丘之國，有狐，九尾。」

392

玄鳥

xuán niǎo

ㄒㄩㄢˊ ㄋㄧㄠˇ

簡介

玄鳥也是生活在附禺山的一種鳥，傳說是一種守護天界帝王的神異之鳥。

原典

《山海經．大荒北經》：「有青鳥、琅鳥、玄鳥、黃鳥、虎、豹、熊、羆、黃蛇、視肉、璿瑰、瑤碧，皆出衛于山。」

典故

《史記》中記載，殷契的母親簡狄在戶外洗澡時，吃了玄鳥卵而懷孕生下契，即所謂「天命玄鳥，降而生商」。契成年後，協助大禹治水有功，後來成為殷商的始祖。殷商崇信玄鳥，因而商代的青銅器上鑄有很多變幻無窮的鳳紋圖案。商王武丁之妻婦好的墓出土了很多玉龍，而玉鳳僅有一件，說明婦好對鳳的極端重視。

393

琅鳥

láng niǎo

ㄌㄤˊ ㄋㄧㄠˇ

簡介

琅鳥是生活在附禺山的一種鳥。

原典

《山海經．大荒北經》：「有青鳥、琅鳥、玄鳥、黃鳥、虎、豹、熊、羆、黃蛇、視肉、璿瑰、瑤碧，皆出衛于山。」

394

蜚蛭

fēi zhì

ㄈㄟ ㄓˋ

簡介

蜚蛭是一種會飛的蟲子，長著四隻翅膀。

原典

《山海經．大荒北經》：「有蜚蛭，四翼。」

典故

有學者認為，蜚蛭的原型是水蛭，吸血為生，生長於不咸山。

395

琴蟲

qín chóng

ㄑㄧㄣˊ ㄔㄨㄥˊ

簡介

琴蟲，長著獸一樣的腦袋，蛇一樣的身子。

原典

《山海經·大荒北經》：「有蟲，獸首蛇身，名曰琴蟲。」

396 獵獵

liè liè ㄌㄧㄝˋ ㄌㄧㄝˋ

簡介 獵獵是一種黑色野獸，形狀與熊相似。

原典 《山海經．大荒北經》：「有黑蟲如熊狀，名曰獵獵。」

397 儋耳民

dān ěr mín ㄉㄢ ㄦˇ ㄇㄧㄣˊ

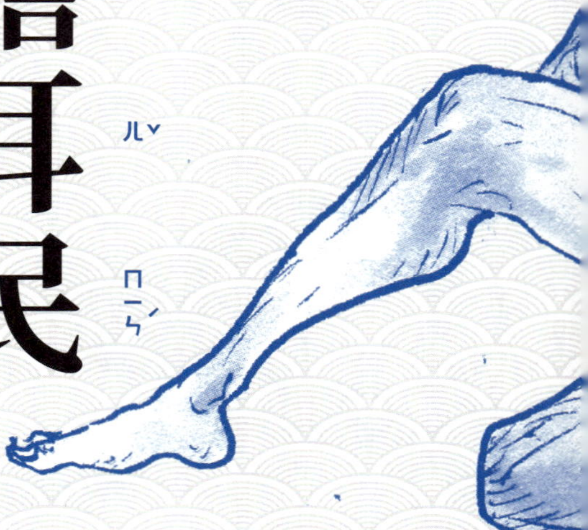

簡介 儋耳民皆以任為姓，他們是禺號的後裔，以穀物為食。

原典 《山海經．大荒北經》：「有儋耳之國，任姓，禺號子，食穀。」

典故 儋耳國也稱聶耳國，郭璞云：「其人耳大下儋，垂在肩上，朱崖儋耳，鏤畫其耳，亦以放之也。」

398

犬戎國人

quǎn róng guó rén

ㄑㄩㄢˇ ㄖㄨㄥˊ ㄍㄨㄛˊ ㄖㄣˊ

簡介

犬戎國人都是狗的模樣。

原典

《山海經．大荒北經》：「犬封國，曰犬戎國，狀如犬。」

簡介

九鳳是住在最荒遠之地——北極天櫃山上的一位神。他長著九個腦袋，人一樣的臉，鳥一樣的身子。

原典

《山海經．大荒北經》：「有神，九首人面鳥身，名曰九鳳。」

典故

後世流傳的「九頭鳥」、「鬼車」、「鬼鳥」等，都是從九鳳的形象演化而來。如宋周密《齊東野語》卷十八：「鬼車，俗稱九頭鳥。」陸長源《辨疑志》又名渠逸鳥。世傳此鳥曾有十首，被犬噬其一，後來脖子就一直血滴。

399

九鳳

jiǔ fèng

ㄐㄧㄡˇ ㄈㄥˋ

400

犬戎

quǎn róng

ㄑㄩㄢˇ ㄖㄨㄥˊ

簡介

犬戎是一個古代部落，傳說犬戎族是犬的後代，那裡的人樣貌與狗相像，以肉為食。

原典

《山海經・大荒北經》：「有犬戎國。有人，人面獸身，名曰犬戎。」

典故

帝嚳有一隻叫盤瓠的狗，帝嚳十分喜歡牠。後來，諸侯房王挑起叛亂，帝嚳憂慮國家危亡，便發出懸賞令：「要是有人能夠斬獲房王的首級來獻，將賜黃金千兩，並賞賜美人。」

某天，盤瓠突然失蹤，帝嚳派人到處尋找也沒有看到牠的蹤影。三天後，盤瓠帶著房王的首級回來了，帝嚳大喜過望。原來，盤瓠獨自去了房王的營帳，房王看到之後十分得意，對左右群臣說：「高辛氏要亡國了啊！連他的狗都拋棄主人來投靠我。」於是便大擺酒宴。當夜，盤瓠趁房王醉酒沉睡，咬斷了他的脖子，取下首級，然後一路奔回到主人身邊。

帝嚳見這隻狗竟然如此神勇，便賜給牠美食，可牠不吃也不喝，變得鬱鬱寡歡。一天之後，就連帝嚳呼喚牠，牠也不應了。帝嚳問道：「你為什麼既不吃東西，呼喚你也不起來呢？難道是怨恨我沒有賞賜你嗎？我現在就兌現我的諾言，賞你黃金、美女，好不好？」盤瓠聽到這話，立即跳躍起來。於是，帝嚳賜盤瓠美女五人，食邑桂林一千戶。

後來，盤瓠與眾女生下了三男六女，這些孩子出生的時候，雖然具有人的形貌，但仍留有犬尾，其後代子孫昌盛，就號為犬戎之國。

401

戎宣王尸

róng xuān wáng shī

ㄖㄨㄥˊ ㄒㄩㄢ ㄨㄤˊ ㄕ

簡介

戎宣王尸是犬戎的神靈，祂的身體是紅色的，形狀與馬相似，但沒有腦袋。

原典

《山海經．大荒北經》：「有赤獸，馬狀無首，名曰戎宣王尸。」

402

威姓子民

wēi xìng zǐ mín

ㄨㄟ ㄒㄧㄥˋ ㄗˇ ㄇㄧㄣˊ

簡介

有人說威姓子民是少昊的後裔，以黍為食。他們只長著一隻眼睛，而且眼睛長在臉的正中間。

原典

《山海經．大荒北經》：「有人一目，當面中生。一曰是威姓，少昊之子，食黍。」

403

苗民

miáo mín

ㄇㄧㄠˊ ㄇㄧㄣˊ

簡介

苗民姓釐，以肉為食，是顓頊之孫，其父是驩頭。他們長著翅膀。

原典

《山海經．大荒北經》：「西北海外，黑水之北，有人有翼，名曰苗民。顓頊生驩頭，驩頭生苗民，苗民釐姓，食肉。」

典故

《神異經》中有關於苗民的記載，說苗民住在西方邊遠的地方，面目手腳都是人的樣子，雖然腋下長有翅膀，卻不能飛。

《尚書》上說，苗民人貪吃，縱欲放蕩，不守倫理，所以舜才把他們流放到邊遠之地。

簡介

雷祖又作嫘祖、累祖、傫祖、絫祖，西陵氏之女，嫁黃帝於軒轅丘，為正妃，生玄囂、昌意。傳說雷祖為養蠶治絲的發明人，北周以後被奉為「先蠶」（蠶神）。

原典

《山海經．海內經》：「黃帝妻雷祖，生昌意，昌意降處若水，生韓流。」

典故

雷祖最早從蠶神那裡學到了養蠶繅絲的方法並推廣，所以備受人民尊敬。有一年黃帝巡遊天下，雷祖不幸病死在途中，黃帝感念她的功德，當即下令要以祭祖神之禮來祭祀她。後世歷朝歷代都奉雷祖為先蠶，並造先蠶壇祭祀她。每年春季第二個月的巳日，當朝的皇后就會親自或派人來先蠶壇祭祀雷祖並養蠶， 為天下表率。

404

雷祖

léi zǔ

ㄌㄟˊ ㄗㄨˇ

簡介

昌意，相傳為黃帝次子，元妃嫘祖所生。居於若水，娶蜀山氏女昌僕，生下了韓流（高陽氏顓頊的父親）。

原典

《山海經．海內經》：「黃帝妻雷祖，生昌意，昌意降處若水，生韓流。」

典故

地方志《樂山縣誌》記載，樂山舊為四川省建昌道繁邑，古為黃帝子昌意之屬地。相傳昌意降居若水（一作弱水，即沫水，今之銅河）；昌意娶蜀山氏女為妻，生下了韓流。

405

昌意

chāng yì

ㄔㄤ ㄧˋ

406

韓流

hán liú

ㄏㄢˊ ㄌㄧㄡˊ

簡介

韓流是黃帝之孫，顓頊的父親。他長著長長的腦袋、小小的耳、人的面孔、豬的長嘴、麒麟的身子、羅圈雙腿、小豬的蹄子，娶淖子族人中叫阿女的為妻，生下帝顓頊。

原典

《山海經．海內經》：「黃帝妻雷祖，生昌意，昌意降處若水，生韓流。韓流擢首、謹耳、人面、豕喙、麟身、渠股、豚止，取淖子曰阿女，生帝顓頊。」

407

柏子高

bó zǐ gāo

ㄅㄛˊ ㄗˇ ㄍㄠ

簡介

柏子高又稱柏高，是傳說中的仙人，相傳他以華山青水之東的肇山為天梯，上下於天地之間。

原典

《山海經．海內經》：「有人名曰柏子高。柏子高上下於此，至於天。」

典故

傳說，柏子高是黃帝身邊的大臣，懂得採礦之事和祭祀山神的禮儀。後來黃帝升天成仙之後，柏高也飛升成仙，侍立在黃帝身旁。

408

蠕蛇

rú shé

ㄖㄨˊ ㄕㄜˊ

簡介

蠕蛇是一種赤蛇，吃樹木為生。傳説「不食禽獸」而居靈山之上，當亦神蛇之屬。

原典

《山海經·海內經》：「有靈山，有赤蛇在木上，名曰蠕蛇，木食。」

409

鳥氏

niǎo shì

ㄋㄧㄠˇ ㄕˋ

簡介

鳥氏一族居住在鹽長國，長著鳥頭人身。

原典

《山海經・海內經》：「有人焉鳥首，名曰鳥氏。」

典故

鳥氏就是古書中所記載的鳥夷，是一個東方的原始部落，其人皆為鳥首人身。傳說，這種人鳥合體的形象，屬於以鳥為信仰的部族。

少昊即位的時候，各部門長官的官名都是用鳥來命名的。鳳鳥氏就是掌管天文曆法的官；玄鳥氏就是掌管春分、秋分的官；伯趙氏是掌管夏至、冬至的官；青鳥氏是掌管立春、立夏的官；丹鳥氏是掌管立秋、立冬的官；掌治民眾的五官被稱為五鳩；管理手工業的五官被稱為五雉。

410

巴人

bā rén

ㄅㄚ ㄖㄣˊ

簡介

巴國是古諸侯國名，又作「巴子國」，由巴人所建。領有今四川東南部，都城在今重慶市北。巴人之師曾隨周武王伐紂，以功封子爵。

原典

《山海經．海內經》：「西南有巴國。大皞生咸鳥，咸鳥生乘厘，乘厘生后照，后照是始為巴人。」

411

gàn jù rén

贛巨人

ㄍㄢˋ ㄐㄩˋ ㄖㄣˊ

簡介

贛巨人長著人的面孔，其嘴唇長長的，黑黑的身上長滿了毛，腳尖朝後，腳跟卻朝前反長著。贛巨人看見人就發笑，一發笑，他的唇便會遮住他的臉面，人就會趁此立即逃走。

原典

《山海經．海內經》：「南方有贛巨人，人面長唇，黑身有毛，反踵，見人則笑，唇蔽其目，因可逃也。」

412

hēi rén

黑人

ㄏㄟ ㄖㄣˊ

簡介

黑人長著老虎一樣的腦袋、禽鳥一樣的爪子，兩隻手握著蛇，正在吞食牠們。

原典

《山海經・海內經》：「又有黑人，虎首鳥足，兩手持蛇，方啖之。」

413

嬴民

ying min

ㄧㄥˊ ㄇㄧㄣˊ

簡介　嬴民長著禽鳥一樣的爪子。

原典　《山海經．海內經》：「有嬴民，鳥足。」

414

菌狗

jùn gǒu

ㄐㄩㄣˋ ㄍㄡˇ

簡介

菌狗是一種像兔子的青色野獸。

原典

《山海經．海內經》：「又有青獸如菟，名曰菌狗。」

415

孔鳥

kǒng niǎo

ㄎㄨㄥˇ ㄋㄧㄠˇ

簡介

孔鳥，就是孔雀。

原典

《山海經・海內經》：「有孔鳥。」

典故

《九嘆・遠遊》云：「駕鸞鳳以上遊兮，從玄鶴與鷦明。孔鳥飛而送迎兮，騰群鶴於瑤光。」國學大師姜亮夫通故：「孔鳥與鸞鳳、玄鶴、鷦明同言。孔鳥亦靈鳥之屬，當指孔雀無疑。然世少言孔鳥者，鳥字或當為雀字之誤。」

416

yì niǎo

翳鳥

ㄧˋ ㄋㄧㄠˇ

簡介

翳鳥是鳳凰一類的鳥，其羽毛是五彩的。

原典

《山海經・海內經》：「有五采之鳥，飛蔽一鄉，名曰翳鳥。」

417

相顧尸

xiāng gù shī

ㄒㄧㄤ ㄍㄨˋ ㄕ

簡介

相顧尸是一個雙手被反綁，戴刑具和戈的形象，相傳他因圖謀叛逆而被處死，死後靈魂不滅，仍以屍體的形態活動。

原典

《山海經．海內經》：「北海之內，有反縛盜械、常戈常倍之佐，名曰相顧之尸。」

418

氐羌

dī qiāng

ㄉㄧ ㄑㄧㄤ

簡介

氐羌人姓乞，是先龍的後代子孫。氐羌是古代部族名，分布在殷商的西部，即今之陝西、甘肅、青海、四川一帶。

原典

《山海經．海內經》：「伯夷父生西嶽，西嶽生先龍，先龍是始生氐羌，氐羌乞姓。」

419

玄豹

xuán bào

ㄒㄩㄢˊ ㄅㄠˋ

簡介

玄豹就是黑色豹子。

原典

《山海經．海內經》：「其上有玄鳥、玄蛇、玄豹、玄虎、玄狐蓬尾。」

典故

陶答子在陶地做官三年，沒留下好名聲，家產卻富裕了好多倍。妻子多次規勸，他置若罔聞。五年後，他休官回家，隨從車輛有百輛之多，族人殺牛隆重接迎，而他的妻子獨自抱著兒子哭泣。她說：「我聽說南山有黑豹，連下七天雨，牠也不出來覓食，這是由於牠愛惜自己的皮毛，要保持花紋美麗的緣故，因此藏身而遠離災禍。豬狗不擇食以養肥自己，這是在等死。現在您治理陶地的結果是家裡富裕了，國家卻窮了，人民不敬重、不愛戴你，敗亡的徵兆已經顯現。我寧願和兒子離開這裡。」陶母便趕走了她。一年後，答子全家果然以欺盜之名被殺。

420

玄虎

xuán hǔ

ㄒㄩㄢˊ ㄏㄨˇ

簡介

玄虎就是黑色老虎。

原典

《山海經．海內經》：「其上有玄鳥、玄蛇、玄豹、玄虎、玄狐蓬尾。」

典故

《虎氏族》有記載，洪水氾濫之後，葫蘆裡走出兄妹二人，天神教他們婚配。後來，兄妹二人生下七個姑娘，沒有兒子。為了傳播後代，七個姑娘與一隻黑虎成親，而七個女兒生下九兒四女，從此有了不同民族。

421

玄狐

xuán hú

ㄒㄩㄢˊ ㄏㄨˊ

簡介

玄狐就是黑色狐狸，尾巴上的毛蓬蓬的。

原典

《山海經‧海內經》：「其上有玄鳥、玄蛇、玄豹、玄虎、玄狐蓬尾。」

典故

玄狐的皮毛非常珍貴，可以做成帽子、圍巾、大衣等。中國古代有「一品玄狐，二品貂，三品狐貂」之說。清代筆記小說集《池北偶談》中說：「本朝極貴玄狐，次貂，次猞猁猻。」

422

玄丘民

xuán qiū mín

ㄒㄩㄢˊ ㄑㄧㄡ ㄇㄧㄣˊ

簡介

玄丘民居住在大玄山中，渾身黑色。

原典

《山海經・海內經》：「有玄丘之民。」

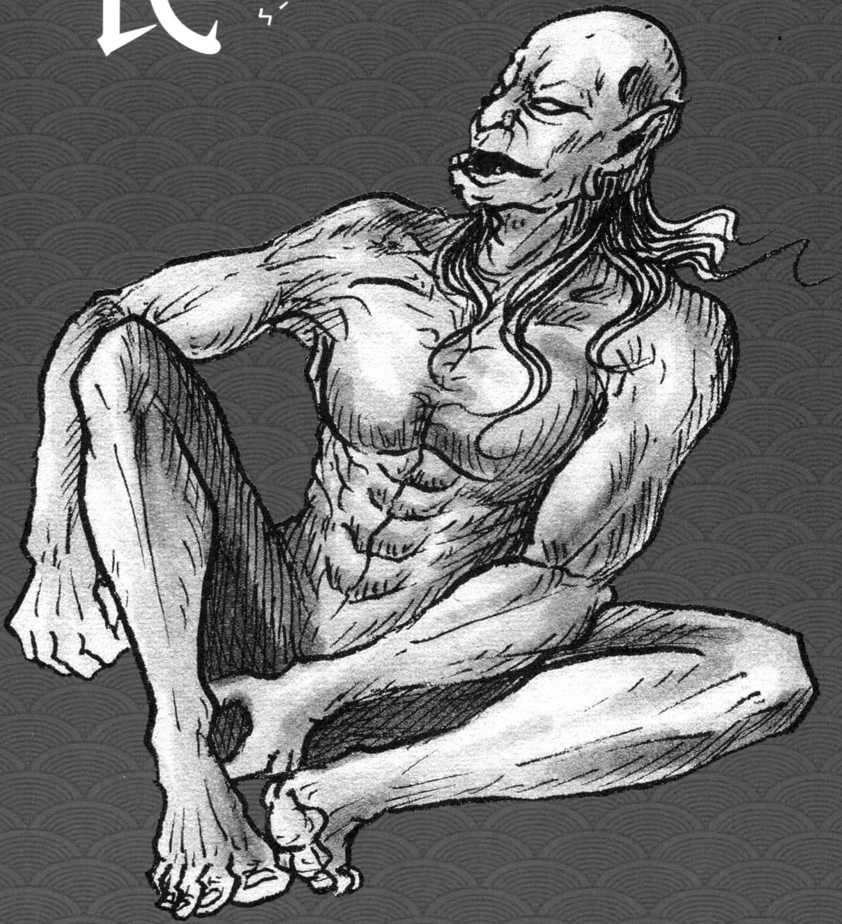

423

赤脛民

chì jìng mín

ㄔˋ ㄐㄧㄥˋ ㄇㄧㄣˊ

簡介

有一種赤脛民，據郭璞説他們膝蓋以下的腿是正紅色的。

原典

《山海經．海內經》：「有赤脛之民。」

424

釘靈民

dīng líng mín

ㄉㄧㄥ ㄌㄧㄥˊ ㄇㄧㄣˊ

簡介

釘靈民生於釘靈國，又稱丁令、丁零，那裡的人膝蓋以下的腿部都有毛，長著馬的蹄子而善於快跑。

原典

《山海經．海內經》：「有釘靈之國，其民從膝以下有毛，馬蹄善走。」

典故

很多古代典籍如《異域志》、《三國志》都描述釘靈民長著馬蹄，但是清初名儒汪紱認為，釘靈國出產貂皮，他們用皮毛做靴子，走起來像是馬蹄一樣，並不是真的長著馬蹄。

第五章

災難圖鑑

《山海經》中還記載了很多凶獸。顧名思義，凶獸與象徵吉祥的瑞獸是截然相反的存在。凶獸出現會給人們帶來災難，牠們大多性情凶惡，面目可怖，有的凶獸會吃人，有的凶獸則預示著天災人禍的出現。

425

狸力

lí lì

ㄌㄧˊ ㄌㄧˋ

簡介

狸力形似小豬，聲音像狗吠，腳生雞足。狸力出現的地方有土木工程。

原典

《山海經．南山經》：「有獸焉，其狀如豚，有距，其音如狗吠，其名曰狸力，見則其縣多土功。」

典故

狸力的預言能力也與其生活習性有關。上古先民並不知道狸力到處挖洞的原因，認為這種行為預示著朝廷要大興土木。傳說，秦始皇修築萬里長城的時候，狸力就曾在中原現身。

426

zhū

鴸

ㄓㄨ

簡介

櫃山中有一種鳥，牠的形狀像鷂鷹，長著人一樣的手，聲音如同痺鳴一般，牠的名字叫鴸。鴸的叫聲就像是在喊自己的名字，牠在哪個縣出現，哪個縣就會有許多人遭到流放。

原典

《山海經．南山經》：「有鳥焉，其狀如鴟而人手，其音如痺，其名曰鴸，其名自號也，見則其縣多放士。」

典故

工藝百科著作《事物紺珠》記載，乙酉年的夏天六月，有一隻飛鳥停在杭州城慶春門上，這隻鳥長著三隻眼睛，爪子像小孩的手，長著一張老人的面孔，叫起來的聲音好像在喊「鴸」，所以人們猜測這隻鳥便是《山海經》中記載的鴸。

簡介

長右的外貌像猿猴，生四耳，啼叫就像人在痛苦呻吟。傳聞見到長右的人，所在的家鄉將會發大水。

原典

《山海經．南山經》：「有獸焉，其狀如禺而四耳，其名長右，其音如吟，見則郡縣大水。」

427

長右

chánɡ yòu

ㄔㄤˊ ㄧㄡˋ

428

猾褢

huá huái

ㄏㄨㄚˊ ㄏㄨㄞˊ

簡介

猾褢的外形像人，卻長有豬一樣的鬣毛，冬季蟄伏，叫聲如同砍木頭時發出的響聲。凡是有猾褢出現的地方，會有繁重的徭役。

原典

《山海經．南山經．南次二經》：「有獸焉，其狀如人而彘鬣，穴居而冬蟄，其名曰猾褢，其音如斫木，見則縣有大繇。」

典故

郭璞在《山海經圖贊》中說：「猾褢之獸，見則興役，應政而出，匪亂不適，天下有逆，幽形匿跡。」說的是猾褢這種野獸專在天下太平的時候出現，擾亂時政，待得天下大亂，牠卻又隱匿行蹤，躲了起來。

429

彘

zhì ㄓˋ

簡介

彘的外形像老虎，卻長著牛的尾巴，叫聲像狗，能吃人。

原典

《山海經．南山經》：「有獸焉，其狀如虎而牛尾，其音如吠犬，其名曰彘，是食人。」

典故

「彘」在古代本指大豬，後泛指一般的豬，不過從《山海經》裡的描述來看，更像是一種類似虎的大型貓科動物。

430

huán

羬 ㄏㄨㄢˊ

簡介

羬，黑色如影，因氣而聚形，牠沒有嘴巴，不吃也不會死，樣子似羊溫順，卻生性頑劣凶狠。

原典

《山海經・南山經》：「有獸焉，其狀如羊而無口，不可殺也，其名曰羬。」

典故

羬是一種充滿神祕色彩的沉默怪獸。古人認為，羬這種動物天生可以吸收自然靈氣生存，鍾天地之造化，是一種神異之獸，因此不可殺，可能是擔心遭到報應。

431

蠱雕

gǔ diāo

ㄍㄨˇ ㄉㄧㄠ

簡介

蠱雕的外形像雕鷹，頭上長角，發出的聲音如同嬰兒啼哭，能吃人。

原典

《山海經．南山經》：「水有獸焉，名曰蠱雕，其狀如雕而有角，其音如嬰兒之音，是食人。」

典故

一九五七年，陝西神木縣納林高兔村戰國晚期匈奴墓出土了一尊純金雕像，刻畫的是一個鷹嘴鹿形獸身怪獸，頭長雙角，每個角又分四叉，該雕像與《山海經》中的蠱雕有相像的地方，造型帶有典型的北方草原文化特點。

432

鱄魚

tuán yú ㄊㄨㄢˊ ㄩˊ

簡介

鱄魚的體形與鯽魚相似，卻長著豬毛，叫聲也和豬一樣。當鱄魚出現時，天下便會大旱。

原典

《山海經．南山經》：「黑水出焉，而南流注於海。其中有鱄魚，其狀如鮒而彘毛，其音如豚，見則天下大旱。」

典故

鱄生活在黑水河中，牠的樣子和鯽魚很像。相傳鱄魚很美味，《呂氏春秋》記載：「魚之美者，洞庭之鱄」，這裡的「美」不是說牠漂亮，而是說牠好吃。

433

顒 yóng ㄩㄥˊ

簡介

顒棲息於令丘山中，外形似梟，長著一張人臉，有四隻眼睛，叫聲聽起來就像在叫自己的名字。牠通常不會出現在人們面前，一旦出現，則會帶來嚴重的乾旱，因而被人們所討厭。

原典

《山海經．南山經》：「有鳥焉，其狀如梟，人面四目而有耳，其名曰顒，其鳴自號也，見則天下大旱。」

典故

傳說在明萬曆年間，顒曾在豫章城的一間寺廟聚集，然而燕雀似乎並不歡迎牠，紛紛鼓噪起來。結果在當年的五月至七月，豫章郡始終酷暑異常，滴雨未降，莊稼顆粒無收。

434

鳧徯

ㄈㄨˊ ㄒㄧ

fú xī

簡介

鳧徯棲息於鹿臺山，雞身人面，叫聲就像在喊自己的名字。只要鳧徯出現，就會有刀兵之戰。

原典

《山海經・西山經》：「有鳥焉，其狀如雄雞而人面，名曰鳧徯，其鳴自叫也，見則有兵。」

典故

地方志《宜春縣誌》記載，鳧徯曾在崇禎年間從宜春飛過，第二年宜春就發生了兵戈，是大惡之鳥。《山海經廣注》曾經說道，人面鳥身不是大美就是大惡，而鳧徯是典型的大惡代表。

古時人們在戰爭的時候，會打出帶有自己圖騰的旗子，而鳧徯鳥就是伏羲氏的圖騰旗。伏羲氏是遠古聯盟的盟主，擁有軍事權，他會帶領各部落聯合軍隊作戰。人們見到鳧徯圖騰就意味著會有戰爭，就有了見到鳧徯鳥就會有戰爭的說法。

435

朱厭

zhū yàn

ㄓㄨ ㄧㄢˋ

簡介

朱厭的身形像猿猴，白頭紅腳，傳說牠一出現，天下就會發生大戰爭。

原典

《山海經・西山經》：「有獸焉，其狀如猿，而白首赤足，名曰朱厭，見則大兵。」

典故

後人認為，朱厭便是白頭葉猴，牠和人類的相貌驚人地相似：頭上的白冠如同人老後的蒼髮，臉形幾乎和人類一樣，而較平的口型及口內潔白整齊的牙齒是其他任何動物沒有的。這種白頭葉猴即使在山經時代也非常少見，且頭頂白髮，所以被古人視為不祥。

436

蠻蠻

mán mán

ㄇㄢˊ ㄇㄢˊ

典故

從前有個家境困苦的孩子叫柳生，長大後，他賣身到黃員外家當園丁，與黃家小姐日久生情。黃員外得知後，命眾家丁把柳生打得奄奄一息，然後把他扔到黃河裡。

黃家小姐得知此事後，血氣攻心，噴出了一大攤鮮血便去世了。在她咽氣之際，有一隻單翅小鳥從她的心口跳了出來——那鳥兒只有右翅，無法好好飛翔，還是朝著黃河的方向飛去，不一會兒便來到了黃河邊。本來還有一口氣、快要被扔下黃河的柳生看到了這隻小鳥便把雙眼合上，任由眾家丁把他拋入河中。這時候，從柳生心口也跳出一隻只有左翅的鳥兒，和那隻只有右翅的鳥兒合在一起，飛向了天空。

原典

《山海經．西山經》：「有鳥焉，其狀如鳧，而一翼一目，相得乃飛，名曰蠻蠻，見則天下大水。」

簡介

蠻蠻外形像野鴨，單眼單翅，需結對飛行。牠一出現，就會有洪水。

437 & 438

鼓與欽䲹

gǔ yǔ qīn péi

ㄍㄨˇ ㄩˇ ㄑㄧㄣ ㄆㄟˊ

簡介

鼓是鍾山神燭陰之子，人面，龍身。

原典

《山海經．西山經》：「其子曰鼓，其狀如人面而龍身，是與欽䲹殺葆江於崑崙之陽，帝乃戮之鍾山之東曰㟅崖，欽䲹化為大鶚，其狀如雕而黑文白首，赤喙而虎爪，其音如晨鵠，見則有大兵；鼓亦化為鵔鳥，其狀如鴟，赤足而直喙，黃文而白首，其音如鵠，見則其邑大旱。」

典故

欽䲹死後化為大鶚，長有黑色斑紋和白色腦袋，紅色嘴巴和老虎一樣的爪子。欽䲹一出現，就會有大的戰爭。鼓死後也化為鵔鳥，形狀像鵠鷹，長著紅色的腳和直直的嘴，頭卻是白色的，牠在哪裡出現，哪裡就會有旱災。

439

槐江山天神

huái jiāng shān tiān shén

ㄏㄨㄞˊ ㄐㄧㄤ ㄕㄢ ㄊㄧㄢ ㄕㄣˊ

簡介 槐江山天神長著兩個牛頭、八條腿、一條馬尾，是盤古開天闢地後女媧造的第一個神，傳說祂出現的地方就會有戰亂之災。

原典 《山海經．西山經》：「有天神焉，其狀如牛，而八足二首馬尾，其音如勃皇，見則其邑有兵。」

典故 關於槐江山天神並沒有很多記載，《山海經》中說「其音如勃皇」，郝懿行認為：「勃皇即發皇也。」而發皇，是一種小甲蟲。

440

土螻

tǔ lóu ㄊㄨˇ ㄌㄡˊ

簡介

向西南四百里有座山名叫崑崙山，這裡實際上是黃帝在下界的都城，由天神陸吾負責管理。山中有一種獸，牠的形狀像羊，長著四隻角，名字叫作土螻，能吃人。

原典

《山海經．西山經》：「有獸焉，其狀如羊而四角，名曰土螻，是食人。」

441

肥遺

féi yí

ㄈㄟˊ ㄧˊ

簡介

一種長著六隻腳和四隻翅膀的怪蛇，出現是乾旱的象徵。

原典

《山海經．西山經》：「有蛇焉，名曰肥遺，六足四翼，見則天下大旱。」

鰠魚

sāo yú

ㄙㄠ ㄩˊ

簡介

鰠魚生活在渭水中，牠的形狀像鱣魚，牠在哪個地方出現，哪裡就會發生大的戰爭。

原典

《山海經．西山經》：「其中多鰠魚，其狀如鱣魚，動則其邑有大兵。」

欽原

qīn yuán

ㄑㄧㄣ ㄩㄢˊ

簡介

崑崙山中有一種鳥，牠的形狀像蜂，大小跟鴛鴦差不多，名字叫作欽原，牠只要螫一下鳥獸，鳥獸就會死亡；螫一下樹木，樹木就會枯死。

原典

《山海經·西山經》：「有鳥焉，其狀如蜂，大如鴛鴦，名曰欽原，蓋鳥獸則死，蓋木則枯。」

444

勝遇

sheng yù

ㄕㄥˋ ㄩˋ

簡介

玉山中有一種鳥，形狀像長尾的野雞，渾身上下都是紅色，名字叫勝遇，牠以魚類為食，發出的聲音像鹿的叫聲，牠出現在哪個國家，哪個國家就會發生水災。

原典

《山海經．西山經》：「有鳥焉，其狀如翟而赤，名曰勝遇，是食魚，其音如錄，見則其國大水。」

445

獓 ㄠˋ 狠 ㄧㄝ

ào yē

簡介

獓狠的外形像普通的牛，白身，長者四隻角，身上的硬毛又長又密，好像披著蓑衣，能吃人。

原典

《山海經．西山經》：「其上有獸焉，其狀如牛，白身四角，其豪如披蓑，其名曰獓狠，是食人。」

446

神䰠

qióng qí

ㄕㄣˊ ㄔˋ

簡介

神䰠是傳說中的厲鬼，人面獸身，只有一隻手、一隻腳，叫聲如人在打哈欠一般。

原典

《山海經．西山經》：「是多神䰠，其狀人面獸身，一足一手，其音如欽。」

簡介

窮奇外形像牛，長著刺蝟毛。牠的聲音像狗，會吃人。窮奇和混沌、檮杌、饕餮並稱為遠古「四大凶獸」。

原典

《山海經．西山經》：「其上有獸焉，其狀如牛，蝟毛，名曰窮奇，音如獆狗，是食人。」

典故

《神異經》中記載窮奇形態像牛，顏色像狸，尾巴長到拖地，叫聲像狗，長著狗頭和部分人的特徵，有著鉤爪和鋒利的牙齒。窮奇遇到忠信之人就會被吃掉，遇到奸邪之人就會被飼養。

447

窮奇

qióng qí

ㄑㄩㄥˊ ㄑㄧˊ

448

rén miàn xiāo

人面鴞

ㄖㄣˊ ㄇㄧㄢˋ ㄒㄧㄠ

簡介

人面鴞的外形像鴞，長著人臉，身體像長尾猴，尾巴像狗，叫聲就像在叫自己的名字。牠一出現，當地就會發生大旱災。

原典

《山海經．西山經》：「有鳥焉，其狀如鴞而人面，蜼身犬尾，其名自號也，見則其邑大旱。」

典故

鴞是指貓頭鷹一類的鳥。貓頭鷹臉型偏平，而且牠一般棲息時都是蹲姿，站起來腿極長，如同一般的靈長類腿部，因此推斷人面鴞應該是臉型更加像人的貓頭鷹。民間一直把貓頭鷹稱為報喪鳥和追魂鳥，把貓頭鷹看作是災難和死亡的象徵，認為牠會給人帶來厄運。

449

朋蛇

péng shé

ㄆㄥˊ ㄕㄜˊ

簡介

朋蛇有著紅色的蛇頭、白色的蛇身，發出的聲音像牛叫。牠在哪個地方出現，哪個地方就會發生大旱。

原典

《山海經．北山經》：「是有大蛇，赤首白身，其音如牛，見則其邑大旱。」

450

窫窳

yà yǔ ㄧㄚˋ ㄩˇ

簡介

窫窳的形狀似牛，紅身，人臉馬蹄，叫聲像嬰兒的啼哭聲，能吃人。

原典

《山海經．北山經》：「有獸焉，其狀如牛，而赤身、人面、馬足，名曰窫窳，其音如嬰兒，是食人。」

典故

窫窳原本是天神，黃帝時代，蛇身人臉的天神「貳負」受手下天神「危」的挑唆，去謀殺了窫窳。黃帝得知後十分震怒，就處死了危，重罰了貳負，命手下天神把窫窳抬到崑崙山，讓幾位巫師用不死藥救活了祂。

窫窳活了之後竟神志迷亂，掉進了崑崙山下的弱水裡，變成了牛身人臉馬足、叫聲如同嬰兒啼哭的猛獸，在十日並出時跳上岸危害百姓，被后羿的神箭射死。

451

山³ 猈

shān huī

ㄕㄢ ㄏㄨㄟ

簡介

山猈長得像狗，但有著一張人臉，見人就笑，非常擅長投擲，走起來快如風，見到牠預示著有大風。

原典

《山海經．北山經》：「有獸焉，其狀如犬而人面，善投，見人則笑，其名山猈，其行如風，見則天下大風。」

典故

山猈腳力很好，奔跑起來風馳電掣，身後總是跟著一股大風，牠就是「像風一樣的野獸」，只要牠出現天下就會有大風災。

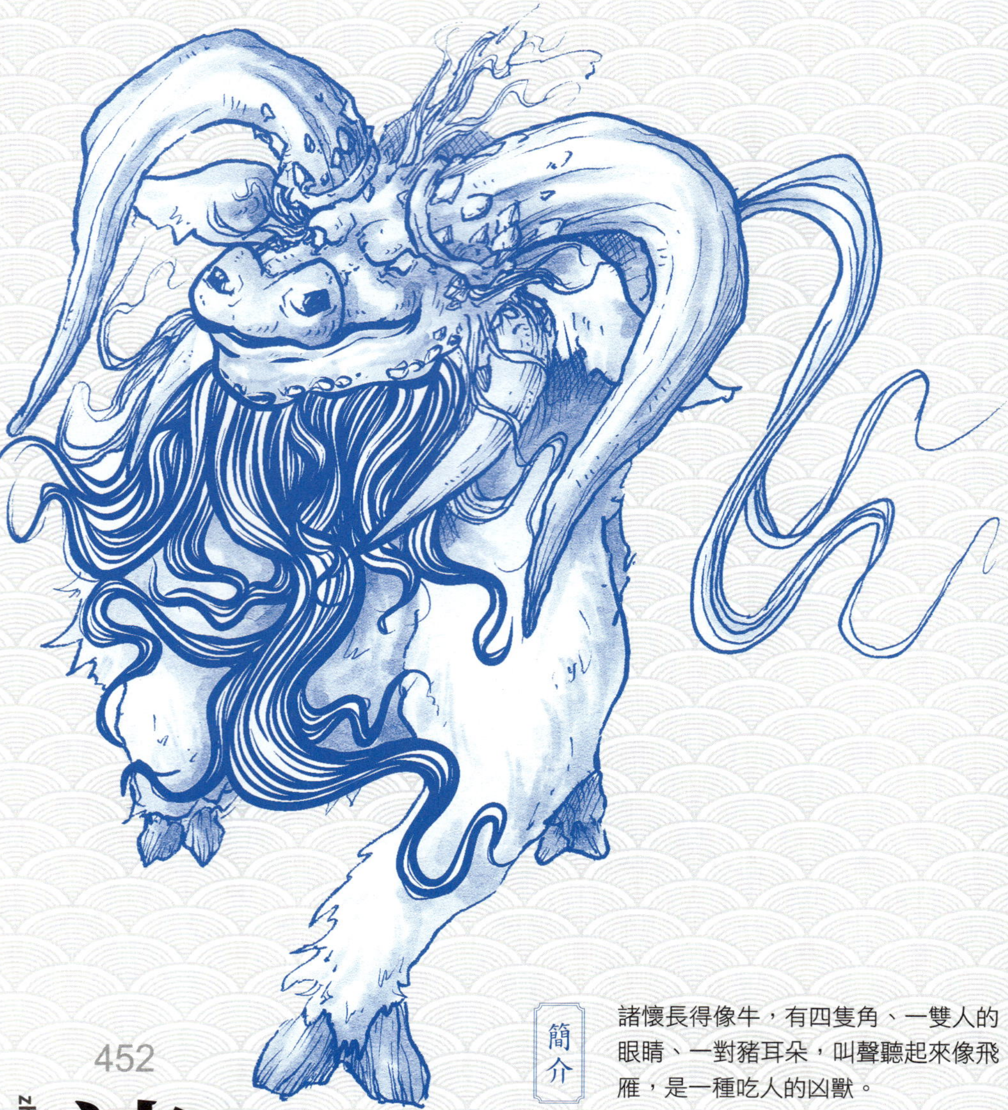

452

諸懷

zhū huái

ㄓㄨ ㄏㄨㄞˊ

簡介

諸懷長得像牛，有四隻角、一雙人的眼睛、一對豬耳朵，叫聲聽起來像飛雁，是一種吃人的凶獸。

原典

《山海經．北山經》：「有獸焉，其狀如牛，而四角、人目、彘耳，其名曰諸懷，其音如鳴雁，是食人。」

典故

諸懷有兩種形態，一是四角牛，二是二角牛。古籍多將諸懷描繪成一種外形像牛，卻長著四隻角，並有人一樣眼睛、豬一樣耳朵的怪異之物。

453

肥遺

féi wèi

ㄈㄟˊ ㄨㄟˋ

簡介

肥遺長著一個頭、兩個身子，只要一出現，必然會天下大旱。

原典

《山海經．北山經》：「有蛇一首兩身，名曰肥遺，見則其國大旱。」

典故

據說在商湯時期，肥遺曾出現過一次，結果牠出現過的陽山一帶連續大旱七年。這種強度，與「旱魃一出，赤地千里」的旱魃相比也差不了多少了。

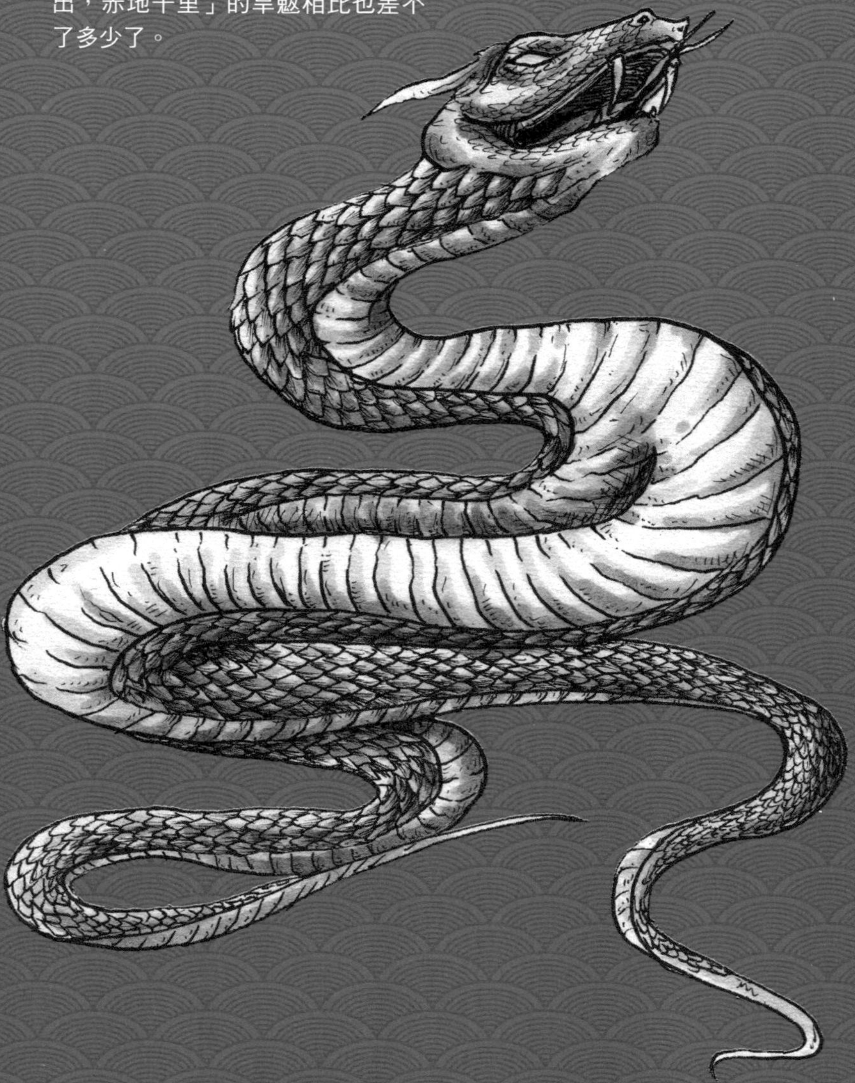

454

狍鴞

páo xiāo

ㄆㄠˊ ㄒㄧㄠ

簡介

狍鴞長著羊的身子、人的面孔與虎牙，指甲像人的指甲，發出的聲音如同嬰兒哭啼，會吃人。

原典

《山海經·北山經》：「有獸焉，其狀如羊身人面，其目在腋下，虎齒人爪，其音如嬰兒，名曰狍鴞，是食人。」

典故

郭璞認為狍鴞就是饕餮，注道：「為物貪惏，食人未盡，還害其身。像在夏鼎，所謂饕餮是也。」傳說，縉雲氏有個不肖之子，貪於飲食，奢侈斂財，十分令人厭惡，天下百姓就把他稱為饕餮，從此饕餮就成了貪吃者的稱謂。

由於饕餮的形象凶惡可怕，商周以後，銅器上的裂口巨眉者、兩眉直立者、有首無身者全被歸入了饕餮名下，牠作為貪吃者的寓意逐漸產生變異，增加了驅邪避禍的功能。牠莊嚴肅穆、冷淡猙獰的表情，正好應了古時人們避禍求福的心願。

簡介

酸與長得像蛇，卻有四隻翅膀、六隻眼睛和三隻腳，叫聲像自己名字。牠一旦出現，就會有恐怖的事。

原典

《山海經·北山經》：「有鳥焉，其狀如蛇，而四翼、六目、三足，名曰酸與，其鳴自詨，見則其邑有恐。」

典故

郭璞在《山海經圖贊》中賦予牠「吃了不醉」的療效：「景山有鳥，稟形殊類。厥狀如蛇，腳三翼四，見則邑恐，食之不醉。」

455

酸與

ㄙㄨㄢ ㄩˇ

suān yǔ

456

䱻魚

huá yú

ㄏㄨㄚˊ ㄩˊ

簡介

䱻魚形狀與一般的魚相似，卻長著一對鳥翅，而牠發出的聲音如同鴛鴦鳴叫。

原典

《山海經．東山經》：「其中多䱻魚，其狀如魚而鳥翼，出入有光。其音如鴛鴦，見則天下大旱。」

457

蚩鼠

zī shǔ

ㄗ ㄕㄨˇ

簡介

蚩鼠形體像雞，卻長著老鼠一樣的毛，牠在哪裡出現，哪裡就會有大旱災。

原典

《山海經．東山經》：「有鳥焉，其狀如雞而鼠毛，其名曰蚩鼠，見則其邑大旱。」

458

鮆鳙

tiáo yóng

ㄊㄧㄠˊ ㄩㄥˊ

簡介

鮆鳙的形體與黃蛇相似，長著魚一樣的鰭，出入水中時閃閃發光，牠出現預示著地方會遭遇大旱。

原典

《山海經．東山經》：「末塗之水出焉，而東南流注於沔，其中多鮆鳙，其狀如黃蛇，魚翼，出入有光，見則其邑大旱。」

典故

東晉文學家郭璞創作的〈江賦〉中曾提到「鮆鳙拂翼而掣耀，神蜧蝹蜦以沉遊」，意思是傳說中的鮆鳙在江面拂動著閃閃發光的翅膀。

459

軨軨

ㄌㄧㄥˊ ㄌㄧㄥˊ

líng líng

簡介

軨軨的外形像長著老虎斑紋的妖牛，其聲清脆悠揚。牠還有控制水的法力，一旦出現，天下就會發生大的水災。

原典

《山海經．東山經》：「有獸焉，其狀如牛而虎文，其音如欽。其名曰軨軨，其鳴自叫，見則天下大水。」

典故

軨軨形如水牛，只是身上有老虎般的花紋，其聲清脆悠揚，性情溫和，看起來溫和無害，但實際上牠是傳說中的災獸，掌握著天災的力量，能喚來洪水淹沒一切。

犰狳

qiú yú ㄑㄧㄡˊ ㄩˊ

簡介

犰狳外形像兔子，卻長著鳥嘴、鴟鷹眼和蛇尾，一看見人就躺下裝死，發出的叫聲像是自己的名字，一出現就會有螽斯、蝗蟲傷害莊稼。

原典

《山海經．東山二經》：「有獸焉，其狀如菟而鳥類喙，鴟目蛇尾，見人則眠，名犰狳，其鳴自訆，見則螽蝗為敗。」

典故

南美有一種名叫犰狳的動物，長相也和《山海經》描述的怪獸類似。
犰狳又稱「鎧鼠」，是生活在中美和南美熱帶森林、草原、半荒漠，以及溫暖的平地、森林的一種瀕危物種。

461

zhū nòu

朱獳

ㄓㄨ ㄋㄡˋ

簡介

朱獳樣子像狐狸，背部長有魚鰭，一旦出現，地方會產生恐慌。

原典

《山海經．東山經》：「有獸焉，其狀如狐而魚翼，其名曰朱獳，其鳴自訆，見則其國有恐。」

鵹鶘

lí hú ㄌㄧˊ ㄏㄨˊ

簡介

鵹鶘外形像鴛鴦卻長著人腳，發出的叫聲便是自己的名字，牠一出現，當地就會有大興土木的勞役。

原典

《山海經．東山經》：「沙水出焉，南流注於涔水，其中多鵹鶘，其狀如鴛鴦而人足，其鳴自訆，見則其國多土功。」

典故

有一種是說法，鵹鶘就是鵜鶘，也叫塘鵝。鵜鶘是生活在水邊的群居鳥類，是世界上現存體型最大的鳥類之一，體型最龐大的鵜鶘可達兩公尺，其喙部大而長。這種鳥類最大的特點是其下頷有一個巨大的皮囊，可以用來捕魚。

《本草綱目》對鵜鶘的體態特徵和生活習性有詳細記載：「鵜鶘處處有之，水鳥也。似鶚而甚大，灰色如蒼鵝。喙長尺餘，直而且廣，口中正赤，頷下胡大如數升囊。好群飛，沉水食魚，亦能竭小水取魚。」

463

bì bì

獙獙 ㄅㄧˋ ㄅㄧˋ

簡介

獙獙的外形像狐狸，長有翅膀，發出的聲音如同大雁，牠一出現就會發生大旱災。

原典

《山海經．東山經》：「有獸焉，其狀如狐而有翼，其音如鴻雁，其名曰獙獙，見則天下大旱。」

464

蠪蛭

lóng zhì

ㄌㄨㄥˊ ㄓˋ

簡介

蠪蛭長得像狐狸，有九個頭和九條尾巴，會發出像嬰兒一樣的叫聲。

原典

《山海經．東山經》：「有獸焉，其狀如狐，而九尾、九首、虎爪，名曰蠪蛭，其音如嬰兒，是食人。」

典故

生活百科書籍《事林廣記》記載：「鳧麗山有獸狀如狐，而九尾、九首、虎爪、馬鬣，名曰蠪蛭，音如嬰兒，見則十一歲大穰也。」與《山海經》中記載的吃人野獸不同，《事林廣記》中的蠪蛭變成了一種預兆著豐收的吉獸。

峳峳 yōu yōu

一ㄡ 一ㄡ

簡介

峳峳長得像馬，有四隻角、羊眼、牛尾，聲音如同狗叫，在牠出現的地方通常會有很多奸猾之徒。

原典

《山海經・東山經》：「有獸焉，其狀如馬，而羊目、四角、牛尾，其音如獋狗，其名曰峳峳，見則其國多狡客。」

典故

《中國古代動物學史》認為，峳峳就是鵝喉羚。鵝喉羚是一種典型棲息於荒漠、半荒漠區域的動物，體形與黃羊相似，因雄羚在發情期喉部會肥大，狀如鵝喉，故得名「鵝喉羚」。也有學者認為峳峳是馬羚，因為馬羚頭部像羊，身體像馬，有角，尾巴更長，和牛尾類似；兩只長長的耳朵，遠處看像兩隻角。

466

絜鉤

jié gōu

ㄐㄧㄝˊ ㄍㄡ

簡介

絜鉤的外形像野鴨子，長著老鼠一樣的尾巴，擅長攀登樹木，在哪個國家出現，哪個國家就多次發生瘟疫。

原典

《山海經．東山經》：「有鳥焉，其狀如鳧而鼠尾，善登木，其名曰絜鉤，見則其國多疫。」

467

猲狚

hè dàn

ㄏㄜˋ ㄉㄢˋ

簡介

猲狚的外形像狼，長著紅腦袋，有和老鼠一樣的眼睛，發出的聲音像小豬叫，吃人，是人們害怕的凶獸。

原典

《山海經・東山經》：「有獸焉，其狀如狼，赤首鼠目，其音如豚，名曰猲狚，是食人。」

468

鬿雀

qí què

ㄑㄧˊ ㄑㄩㄝˋ

簡介

鬿雀的外形像普通的雞，但長著白色的腦袋、老鼠的腳、老虎的爪子，是一種會吃人的鳥。

原典

《山海經．東山經》：「有鳥焉，其狀如雞而白首，鼠足而虎爪，其名曰鬿雀，亦食人。」

典故

《欽定古今圖書集成．博物彙編．禽蟲典》記載一個傳說：明朝崇禎年間，鳳陽地方出現很多惡鳥，兔頭、雞身、鼠足，肉味鮮美，但骨頭有劇毒，人吃了會被毒死。人們認為這些鳥就是鬿雀。

薄魚

bó yú

ㄅㄛˊ ㄩˊ

簡介

薄魚的外形像鱣魚，長了一隻眼睛，發出的聲音像人在嘔吐。牠是一種凶魚，一出現，天下就會發生大旱災。

原典

《山海經．東山經》：「石膏水出焉，而西流注於鬲水，其中多薄魚，其狀如鱣魚而一目，其音如歐，見則天下大旱。」

典故

有人認為薄魚便是薄鰍。薄鰍喜歡生活在江河的上游，眼睛特別小，額頭上長著一個別致的圓點。人們如果不仔細觀察，完全有可能忽視了薄鰍那一對不引人注意的眼睛，而把額頭上的圓點當成眼睛。

470

合窳

hé yǔ

ㄏㄜˊ ㄩˇ

簡介

合窳也是會佯裝嬰兒啼聲的食人獸其中一員。牠生活在剡山一帶，長著人的面容，身子如同豬一樣，呈黃色，還有一條紅色的尾巴。除了吃人，合窳也吃蟲和蛇類。牠的出現，預示著將會有洪澇災害發生。

原典

《山海經．東山經》：「有獸焉，其狀如彘而人面。黃身而赤尾，其名曰合窳，其音如嬰兒，是獸也，食人，亦食蟲蛇，見則天下大水。」

典故

郭璞《山海經圖贊》云：「豬身人面號曰合窳。厥性貪殘，物為不咀，至陰之精，見則水雨。」
是說這種怪獸本性貪婪凶殘，什麼都吃，是極為陰毒的怪獸。

471

蜚 fēi ㄈㄟ

簡介

蜚的外形像牛，頭部為白色，卻長著蛇的尾巴，只有一隻眼睛。

原典

《山海經・東山經》：「有獸焉，其狀如牛而白首，一目而蛇尾，其名曰蜚，行水則竭，行草則死，見則天下大疫。」

典故

蜚是傳說中的災獸，當「蜚」進入水中時，水會立即乾涸；進入草叢時，草立即枯死。牠出現的地方都會發生大的災難，故而世人皆畏懼此獸。傳說，春秋時期，蜚獸出現，天下大旱，草木枯萎，大地上瘟疫橫行。

簡介

鳴蛇的形狀似蛇，但長著四隻翅膀，發出的聲音與敲磬的聲音相似。牠出現在哪個地方，哪個地方就會發生旱災。

原典

《山海經．中山經》：「其中多鳴蛇，其狀如蛇而四翼，其音如磬，見則其邑大旱。」

典故

鳴蛇雖然是種災獸，但也有有用的地方，古人常常將牠和肥遺畫在墓室或棺槨上，希望用牠帶來乾旱，從而保持墓室乾燥，屍體不腐。

472

鳴蛇

míng shé

ㄇㄧㄥˊ ㄕㄜˊ

473

化蛇

huà shé

ㄏㄨㄚˋ ㄕㄜˊ

簡介

化蛇長著人一樣的臉、豺一樣的身子、鳥一樣的翅膀，像蛇一般爬行遊動，發出的聲音像人在大聲呵斥。牠出現在哪個地方，哪個地方就會發生大水災。

原典

《山海經．中山經》：「其中多化蛇，其狀如人面而豺身，鳥翼而蛇行，其音如叱呼，見則其邑大水。」

典故

《山海經圖贊》說，鳴蛇、化蛇二蛇長得很相似，都能用翅膀在海上遨遊，見到牠們會有災難，鳴蛇兆旱，化蛇兆水。

474

馬腹

mǎ fù

ㄇㄚˇ ㄈㄨˋ

簡介

馬腹是人面虎身，發出的聲音與嬰兒啼哭聲相似，吃人。

原典

《山海經．中山經》：「有獸焉，其名曰馬腹，其狀如人面虎身，其音如嬰兒，是食人。」

典故

馬腹還稱人膝、水虎，清代動物百科全書《蠕範》中說，牠除了人面虎爪以外，還長有鱗片，常沒入水中，只留爪子示人，如果有人去玩弄牠的爪子，牠便將人拉下水殺死。

475

夫諸

fū zhū

ㄈㄨ ㄓㄨ

簡介

夫諸是一種不祥之獸，形狀像白鹿，頭上長有四隻角。牠在哪個地方出現，哪個地方就會發生水災。

原典

《山海經．中山經》：「有獸焉，其狀如白鹿而四角，名曰夫諸，見則其邑大水。」

476

犀渠

xī qú

ㄒㄧ ㄑㄩˊ

簡介

犀渠的外形與牛相似，身子是青灰色的，發出的叫聲如同嬰兒的啼哭聲，會吃人。

原典

《山海經．中山經》：「有獸焉，其狀如牛，蒼身，其音如嬰兒，是食人，其名曰犀渠。」

典故

犀渠除了是一種異獸以外，古人還把以犀皮製成的盾牌稱為「犀渠」。西晉左思〈吳都賦〉中記載：「家有鶴膝，戶有犀渠。軍容蓄用，器械兼儲。」即家家有鶴膝之矛，戶戶有犀渠之盾，軍用物資蓄藏備用，各種器械兼收儲存。

477

山膏

shān gāo

ㄕㄢ ㄍㄠ

簡介

山膏的外形與豬相似，周身通紅如火，喜歡罵人。

原典

《山海經．中山經》：「有獸焉，名曰山膏，其狀如豚，赤若丹火，善詈。」

478

天愚

tiān yú

ㄊㄧㄢ ㄩˊ

簡介

天愚神居住在堵山，這座山裡常常會刮怪風、下怪雨。

原典

《山海經・中山經》：「又東二十七里，曰堵山。神天愚居之，是多怪風雨。」

479

文文

wén wén

ㄨㄣˊ ㄨㄣˊ

簡介

文文是一種外形長得像黃蜂的小獸，尾巴上有兩個分叉，舌頭倒生，喜歡呼叫。

原典

《山海經·中山經》：「有獸焉，其狀如蜂，枝尾而反舌，善呼，其名曰文文。」

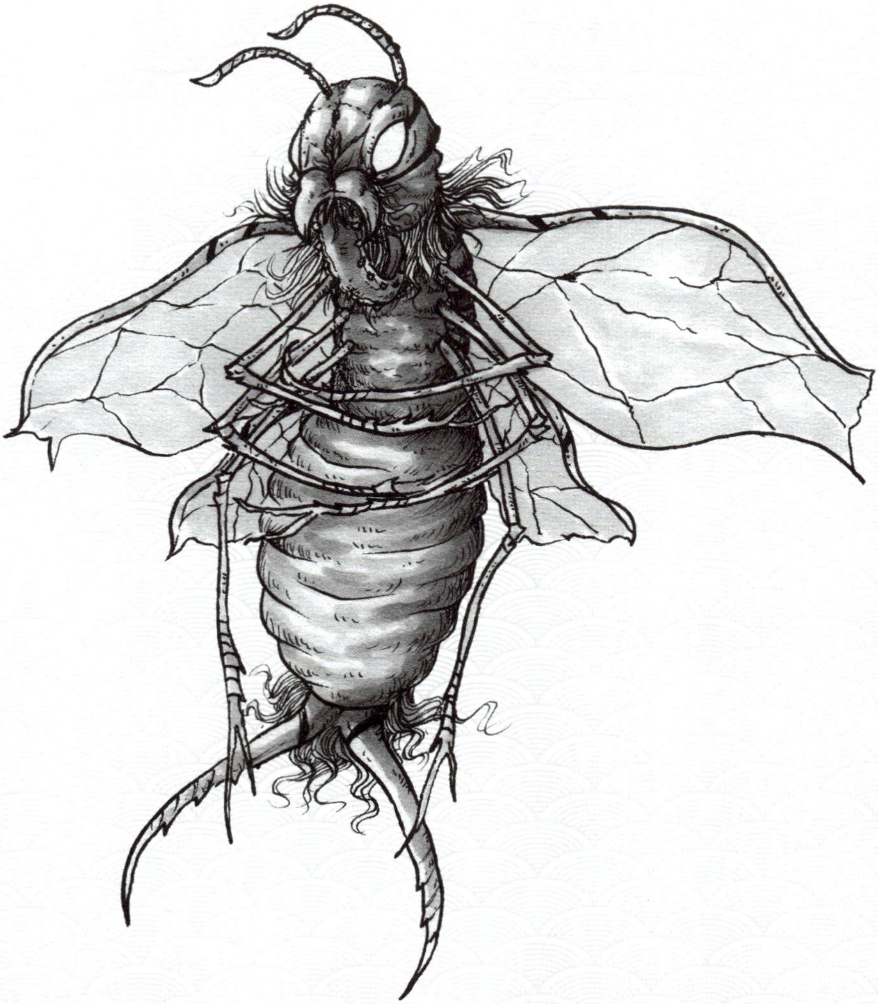

480

㹢狼

shì láng

ㄕˋ ㄌㄤˊ

簡介

㹢狼的形狀與狐狸相似，尾巴是白色的，耳朵長長的，牠只要一出現，就會爆發戰爭。

原典

《山海經．中山經》：「有獸焉，其狀如狐，而白尾長耳，名㹢狼，見則國內有兵。」

481

跂踵

qǐ zhǒng

ㄑㄧˇ ㄓㄨㄥˇ

簡介

跂踵的外形與貓頭鷹相似，長著一隻腳、豬一樣的尾巴。牠出現在哪個國家，哪個國家就會有大的瘟疫發生。

原典

《山海經．中山經》：
「有鳥焉，其狀如鴞，而一足彘尾，其名曰跂踵，見則其國大疫。」

簡介

雍和是一種形似猿猴的災獸，長著紅色的眼睛、紅色的嘴、黃色的身子。牠出現在哪個國家，哪個國家就會有令人恐慌的事發生。

原典

《山海經．中山經》：「有獸焉，其狀如猿，赤目、赤喙、黃身，名曰雍和，見則國有大恐。」

482

雍和

yōng hé

ㄩㄥ ㄏㄜˊ

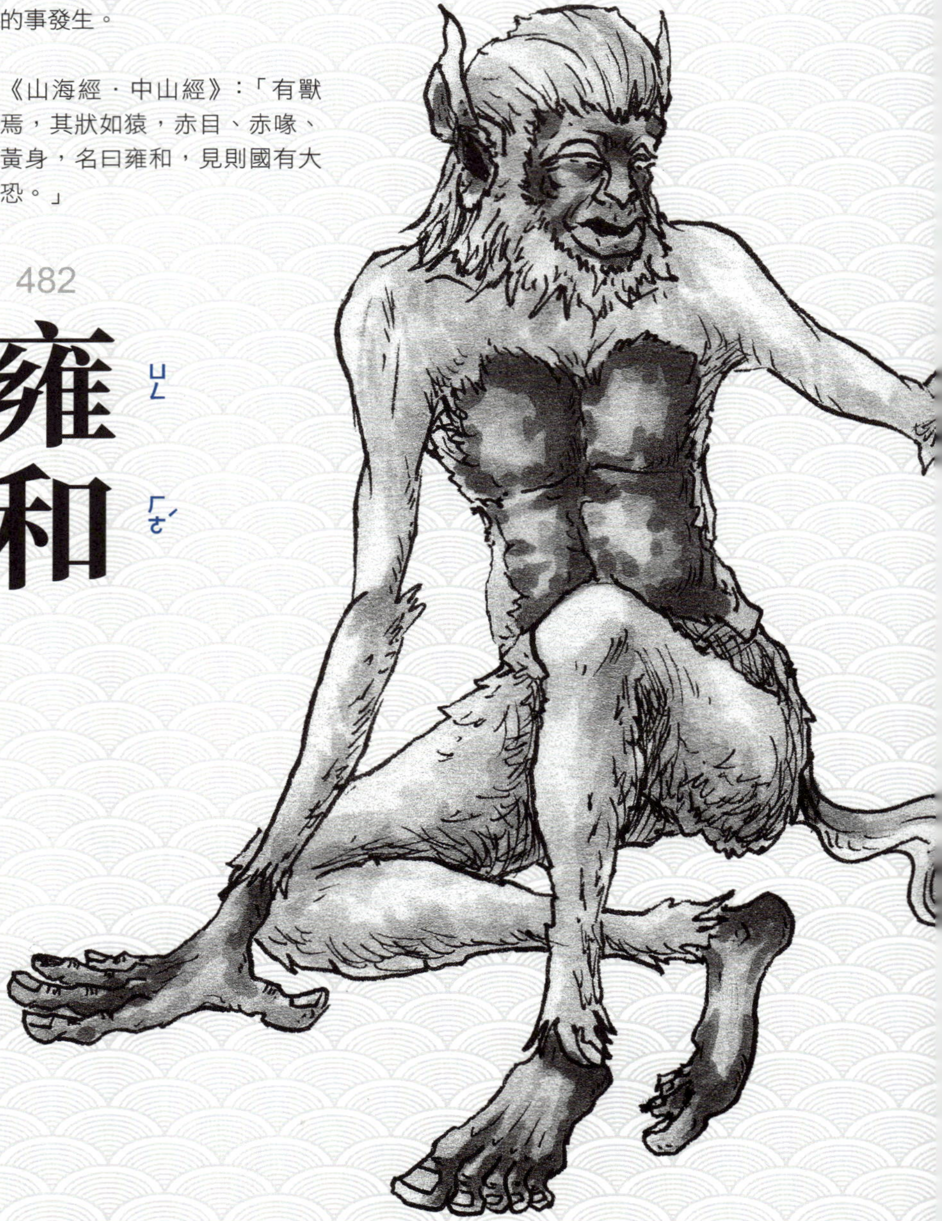

簡介

耕父雖是神，卻象徵著災難，祂出現在哪個國家，哪個國家就會衰亡。耕父住在豐山中，他常常到清泠淵巡遊，出入時發出閃閃的光亮。

原典

《山海經．中山經》：「神耕父處之，常遊清泠之淵，出入有光，見則其國為敗。」

典故

漢代張衡在他所做的〈南都賦〉中說：「耕父，旱鬼也。」〈南都賦〉正是他為了頌揚家鄉南陽所作。《山海經》中提到的耕父，其所在的豐山就在南陽城北三十里，而豐山腳下便是耕父居住的清泠淵。

唐代，為避唐高祖李淵的名諱，人們將「清泠淵」改名「清泠泉」。據說，在豐山東麓，曾經有摩崖石刻「清泠泉」三字，只是後來人們在豐山開山炸石，摩崖石刻也消失了。

483

耕父

gēng fù

ㄍㄥ ㄈㄨˋ

484

lì 㹻 ㄌㄧˋ

簡介

㹻的外形與刺蝟相似，全身通紅如火。牠出現在哪個國家，哪個國家就會發生大瘟疫。

原典

《山海經．中山經》：「有獸焉，其狀如彙，赤如丹火，其名曰㹻，見則其國大疫。」

485

狙如

jū rú

ㄐㄩ ㄖㄨˊ

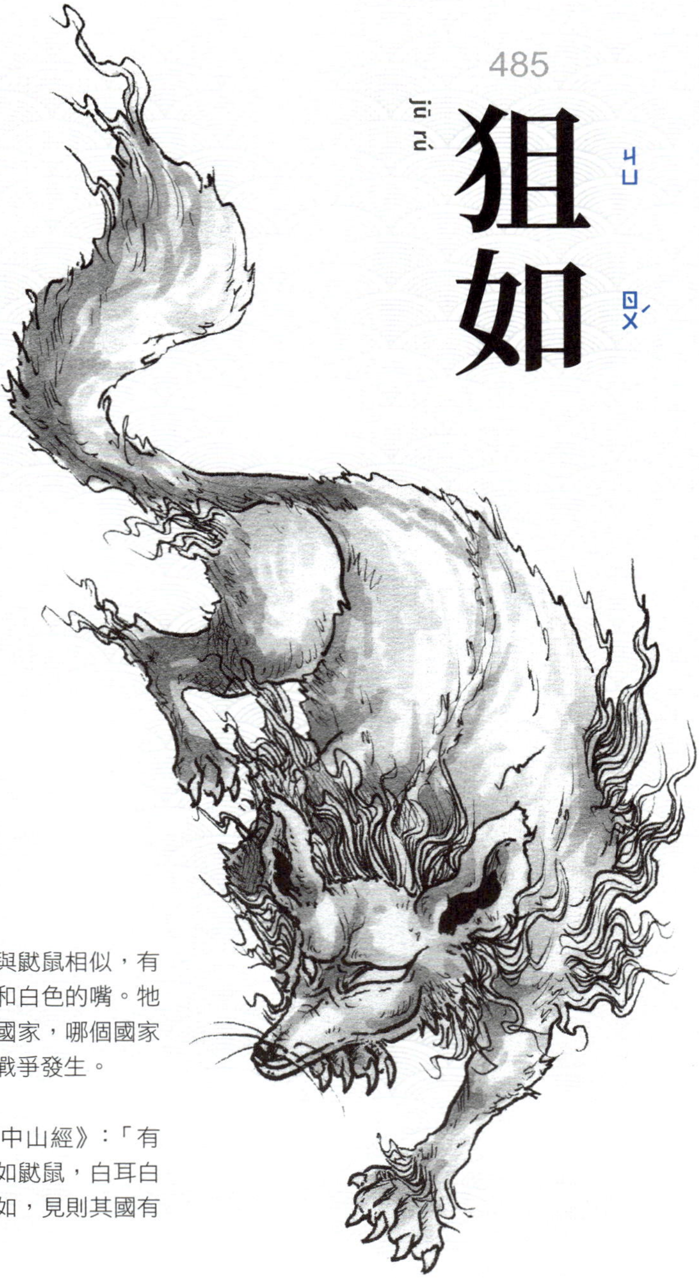

簡介

狙如的外形與鼣鼠相似，有白色的耳朵和白色的嘴。牠出現在哪個國家，哪個國家就會有大的戰爭發生。

原典

《山海經．中山經》：「有獸焉，其狀如鼣鼠，白耳白喙，名曰狙如，見則其國有大兵。」

典故

《山海經圖贊》稱狙如長得很小，牠本身無害，但一出現就會有兩軍交戰。

486

𤝞即

yí jí

ㄧˊ ㄐㄧˊ

簡介

𤝞即的外形與膜犬相似，長著紅色的嘴、紅色的眼睛、白色的尾巴。牠在哪裡出現，哪裡就會有火災發生。

原典

《山海經・中山經》：「有獸焉，其狀如膜犬，赤喙、赤目、白尾，見則其邑有火，名曰𤝞即。」

487

梁渠

liáng qú

ㄌㄧㄤˊ ㄑㄩˊ

簡介

梁渠的形狀與山貓相似，腦袋是白色的，長著老虎一樣的爪子。牠出現在哪個國家，哪個國家就會有大的戰事發生。

原典

《山海經．中山經》：「有獸焉，其狀如狸，而白首虎爪，名曰梁渠，見則其國有大兵。」

488

聞獜

wén lín

ㄨㄣˊ ㄌㄧㄣˊ

簡介

聞獜的外形與豬相似，長著黃色的身子、白色的腦袋、白色的尾巴。只要牠一出現，天下就會刮起大風。

原典

《山海經．中山經》：「有獸焉，其狀如彘，黃身、白頭、白尾，名曰聞獜，見則天下大風。」

489 & 490

鴜鳥⿱詹鳥

cì niǎo zhān niǎo

ㄘˋ ㄋㄧㄠˇ ㄓㄢ ㄋㄧㄠˇ

簡介

䳐鳥和⿰詹鳥鳥的羽毛呈青黃色，凡是牠們經過的國家都會敗亡。䳐鳥長著人一樣的臉，居住在山上。一說這兩種鳥統稱維鳥，是青鳥、黃鳥聚集在一起的混稱。

原典

《山海經．海外西經》：「䳐鳥、⿰詹鳥鳥其色青黃，所經國亡。在女祭北。䳐鳥人面，居山上。一曰維鳥，青鳥、黃鳥所集。」

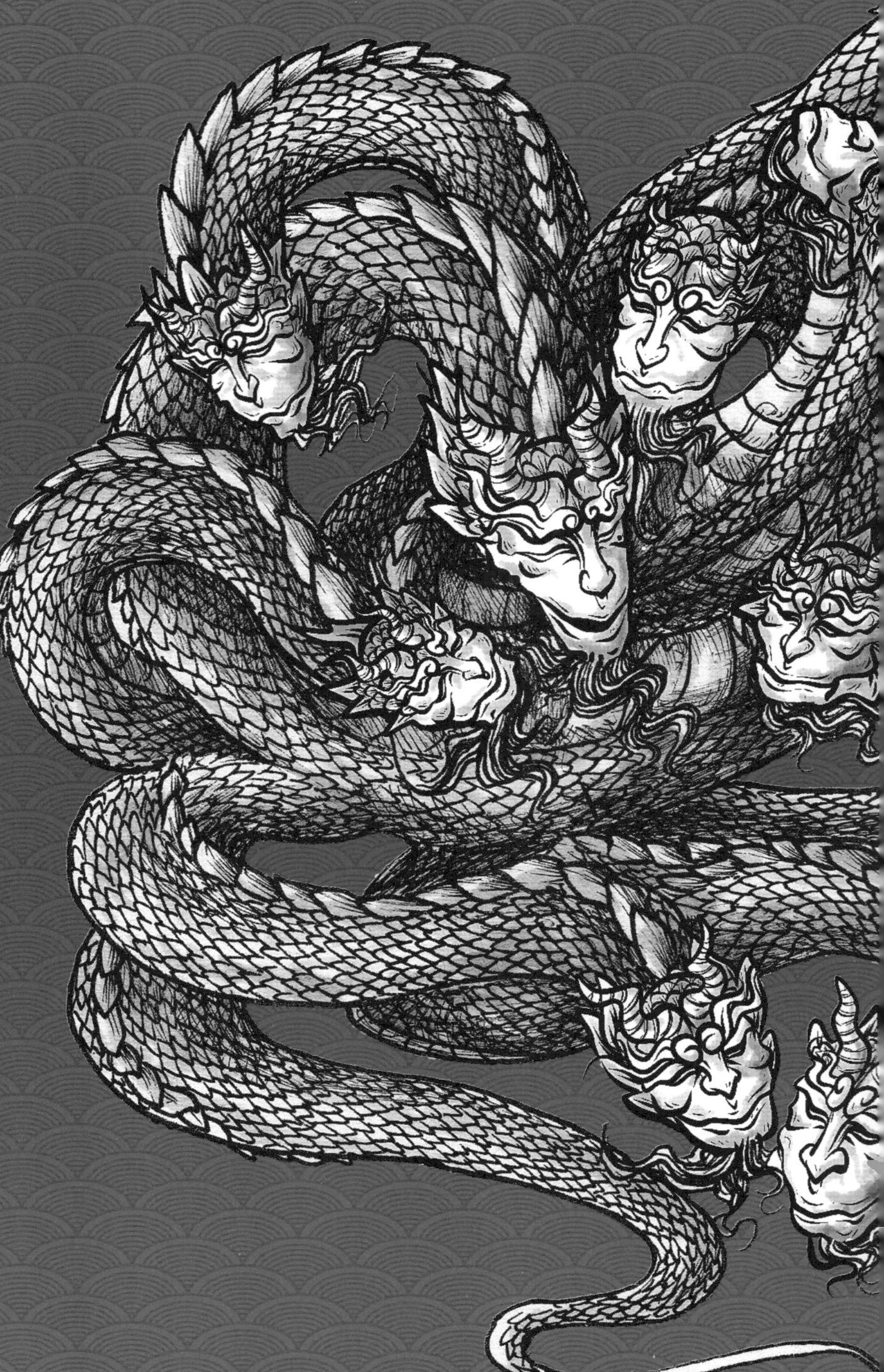

491

相柳

xiāng liǔ

ㄒㄧㄤ ㄌㄧㄡˇ

簡介

相柳即相繇，是古代神話傳說中共工之臣。據傳相柳人面蛇身，有九首。後被禹所殺，其血腥臭，沾地，地則不生穀。

原典

《山海經．海外北經》：「共工之臣曰相柳氏，九首，以食於九山。相柳之所抵，厥為澤溪。禹殺相柳，其血腥，不可以樹五穀種。禹厥之，三仞三沮，乃以為眾帝之臺。」

典故

共工有位臣子名叫相柳氏，長著九個腦袋，分別在九座山上取食，相柳所觸到的地方都會變成沼澤和溪流。據說，共工發大洪水時，相柳助紂為虐，所以大禹平息洪水之後，便殺死了相柳。

相柳身上流出的血腥臭無比，所流經的地方都不能種植五穀，大禹掘土填埋被汙染的土地，填滿了三次卻塌陷了三次，於是大禹修建了幾座臺來鎮壓妖魔。帝臺在崑崙山的北面、柔利國的東面。

492

dān zhū

丹朱

ㄉㄢ ㄓㄨ

簡介

傳說中，丹朱是堯的兒子，據說他傲慢荒淫，所以堯才傳位於舜。

原典

《山海經· 海內南經》:「蒼梧之山，帝舜葬於陽，帝丹朱葬於陰。」

493

窮奇

qióng qí

ㄑㄩㄥˊ ㄑㄧˊ

簡介

《山海經·海內北經》記載的窮奇與《山海經·西山經》記載的不同，這裡窮奇的外形像一般的老虎，卻生有翅膀。據說，窮奇吃人是從頭開始吃，也有說法認為窮奇吃人是從腳開始吃起。

原典

《山海經·海內北經》：「窮奇狀如虎，有翼，食人從首始，所食被髮。」

494 & 495

貳負與危

èr fù yǔ wéi

ㄦˋ ㄈㄨˋ ㄩˇ ㄨㄟˊ

簡介

貳負是人面蛇身的天神，危是貳負的臣子，危與貳負一起殺死了神窫窳。

原典

《山海經．海內西經》：「貳負之臣曰危，危與貳負殺窫窳。帝乃梏之疏屬之山，桎其右足，反縛兩手與髮，繫之山上木。在開題西北。」

典故

貳負和危合作殺死了另一個人面蛇身的天神窫窳。天帝知道後十分震怒，於是把危拘禁在疏屬之山，給他的右腳戴上腳鐐，反綁他的雙手，拴在山中的大樹上，囚禁他的地方位於開題國的西北邊。
唐筆記小說集《乾饌子》記載，漢宣帝時期曾發生了一次山崩，山崩後出現一石室，發現了兩個奇怪的人形物，只見這個人被反縛在械上，長數尺，髮長丈餘，在微微而動。劉向雲認出這是《山海經》貳負與臣危，他們殺了窫窳，天帝將他們囚禁在山中。危懂得胎息之術，所以天帝禁錮他的右足。

496

蜪犬

táo quǎn

ㄊㄠˊ ㄑㄩㄢˇ

簡介

蜪犬是一種凶惡的食人獸，外形與狗相似，全身青色，吃人時先從腦袋開始吃。

原典

《山海經．海內北經》：「蜪犬如犬，青，食人從首始。」

497

玄蛇

xuán shé

ㄒㄩㄢˊ ㄕㄜˊ

簡介

玄蛇便是黑蛇，喜歡吃鹿類動物。

原典

《山海經．大荒南經》：「黑水之南，有玄蛇，食麈。」

典故

傳說玄蛇是古時生長在嶺南群山中的蚺蛇，粗大如臺柱，有劇毒，身體所接觸的草木皆會變成黑色，隨之枯萎。

498

tiān quǎn

天犬

ㄊㄧㄢ ㄑㄩㄢˇ

簡介

天犬是一種赤色的狗，牠在哪裡出現，哪裡就會有戰爭發生。

原典

《山海經．大荒西經》：「有赤犬，名曰天犬，其所下者有兵。」

典故

天犬不同於天狗，《山海經．西山經》中的陰山天狗「可以御凶」，與天犬「其所下者有兵」屬性明顯不同。

499

蚩尤

chī yóu

ㄔ ㄧㄡˊ

簡介

蚩尤原是南方一個巨人部族的首領，後來成為炎帝手下一員大將。他生得異常高大，勇猛無比，曾多次和黃帝展開戰爭，最終兵敗，被黃帝斬首。

原典

《山海經‧大荒北經》:「蚩尤作兵伐黃帝，黃帝乃令應龍攻之冀州之野；應龍畜水。蚩尤請風伯、雨師，縱大風雨。黃帝乃下天女曰魃，雨止，遂殺蚩尤。」

500

女魃

nǚ bá

ㄋㄩˇ ㄅㄚˊ

簡介

女魃，或名女妭，是中國古代神話傳說中的旱神，身分為天女，一說是黃帝之女。

原典

《山海經．大荒北經》：「有人衣青衣，名曰黃帝女魃。蚩尤作兵伐黃帝，黃帝乃令應龍攻之冀州之野。應龍畜水，蚩尤請風伯、雨師，縱大風雨。黃帝乃下天女曰魃，雨止，遂殺蚩尤。魃不得復上，所居不雨。叔均言之帝，後置之赤水之北。叔均乃為田祖。魃時亡之。所欲逐之者，令曰：『神北行！』先除水道，決通溝瀆。」

典故

黃帝與蚩尤在逐鹿交戰時，雙方打得難分高下。蚩尤製造兵器攻擊黃帝，黃帝便派應龍在冀州的原野與蚩尤作戰。應龍蓄積了很多水備戰，蚩尤則請來風伯、雨師，使得天上掀起狂風暴雨，黃帝便請來一位名叫魃的天女相助。魃從天上下來之後，雨便停歇了。最終，黃帝殺了蚩尤，取得了勝利。女魃儘管立下了汗馬功勞，但戰後再也無法回到天上，凡是她居住的地方，滴雨不至，旱災連年。田祖叔均把這件事奏報給黃帝，黃帝就讓魃住到了赤水的北面。然而，魃並不安分，常四處逃逸，她所到之處皆會引發旱災，百姓只好舉行逐旱魃的儀式。在逐旱魃之前，百姓會先疏浚水道，決通溝渠，然後向她祝禱：「神啊，請回到赤水以北，祢的家去吧！」據說，逐旱魃以後便會天降甘霖。

高寶書版集團
gobooks.com.tw

BK 084
山海經神怪大全

作　　者　黃創業
主　　編　林子鈺
責任編輯　高如玫
封面設計　林政嘉
內頁排版　賴姵均
企　　劃　陳玟璇
版　　權　張莎凌

發 行 人　朱凱蕾
出　　版　英屬維京群島商高寶國際有限公司台灣分公司
　　　　　Global Group Holdings, Ltd.
地　　址　台北市內湖區洲子街88號3樓
網　　址　gobooks.com.tw
電　　話　(02) 27992788
電　　郵　readers@gobooks.com.tw（讀者服務部）
傳　　真　出版部(02) 27990909　行銷部 (02) 27993088
郵政劃撥　19394552
戶　　名　英屬維京群島商高寶國際有限公司台灣分公司
發　　行　英屬維京群島商高寶國際有限公司台灣分公司
法律顧問　永然聯合法律事務所
初　　版　2025年06月

國家圖書館出版品預行編目(CIP)資料

山海經神怪大全 / 黃創業著. -- 初版. -- 臺北市：
英屬維京群島商高寶國際有限公司台灣分公司,
2025.06
　冊；　公分. --

ISBN 978-626-402-239-2（精裝）

1.CST：山海經　2.CST：注釋

857.21　　114004289